Michel **Fardoulis-Lagrange**

1 9 1 0 — 1 9 9 4

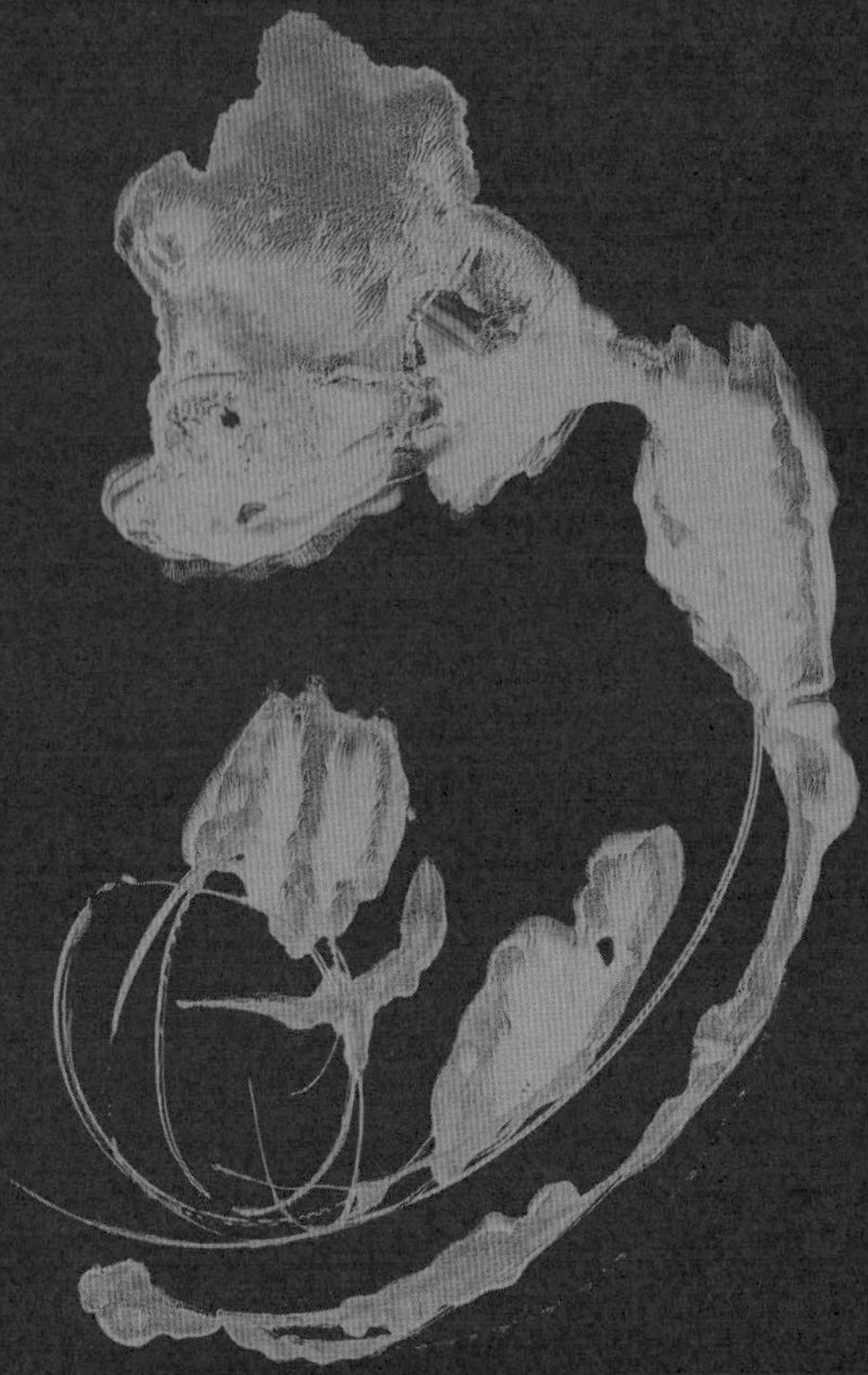

シュルレアリスムの25時

ミシェル・ファルドゥーリス＝ラグランジュ

神話の声、非人称の声

國分俊宏〔著〕
KOKUBU Toshihiro

水声社

目次

序章

神話と日常のまざりあう世界

言葉が紡がれる時、世界が立ち上がる。

ミシェル・ファルドゥーリス＝ラグランジュ（一九一〇－一九九四）の声は、世界を語るためのものではない。世界を創り出すためのものだ。だからこそ、その言葉に触れたとき、人は戸惑う。

自分は何を読んでいるのか――。ミシェル・ファルドゥーリス＝ラグランジュを読んでいると、絶えずそんな問いにとらわれる。

独特の思考と論理に彩られた、極めて難解な詩的散文、というだけでは到底足りない。その本のいくつかは「小説 roman」と銘打たれているが、もしそれが小説だとしたら、私たちは小説というものの豊かな可能性に、あらためて目を瞠るほかないだろう。まるで読まれることを拒むかのような特異な言語。物語の因果は排棄され、時間と空間の枠は溶解する。時には、何について書いてあるのかさえわからないような行文の中を手探りでさまよわねばならない。物語がばらばらに解体され、神話的なスケールの時空間の中で、日常性が破片となって飛び散っている。秘教的で謎めいた言葉遣いによって、判読可能性ぎりぎりの、だがおそらくは強力な論理とイメージによって貫かれているにちがいない、純粋と混濁が入り混じったような世界が構築されている。

マックス・ジャコブは一九四三年の手紙で、ファルドゥーリスの作品に詩の価値があることを認め、「彼〔ファルドゥーリス〕がいかなる祖先もいかなる兄弟も持ってはいないことを私は賞賛する」と書いている[1]。

そのマックス・ジャコブが一九四三年の時点で読むことができたファルドゥーリスの作品とは、一九四二年にフランスで出版されたファルドゥーリスの最初の本『セバスチヤン、子ども、そしてオレンジ』にほかならないが、ミシェル・レリスもまたすぐにこの本に注目してこう紹介している。それは単なる〈詩的な小説〉なのではなくて、本質的に詩でありながら、小説の形をとったもの、〈小説詩《ロマンポエジー》〉とでも名付けることができるようなものだ、と。ミシェル・レリスの言葉を聞こう。

これは〈詩的な小説〉というよりもむしろ――だいたい人は少しばかり詩的な色合いの混じった（だが本当にただ混じっているだけの）小説をすぐにそう呼びたがるものだが――〈小説詩〉とでも名付けることができそうなものだ。つまり、小説なのだが、そこでは「詩」という文学ジャンルにおける規則がそうであるように、言説が本質的な原動力として立ち現われているのだ。この文学ジャンルでは、言語こそが第一の要素であるだろうし、何よりもまず言葉や言い方が問題となるはずだ。「小説」はそうではない。そこでは、エクリチュールはたいてい二義的な役割しか果たさず、主に登場人物や状況を描き出すことに向けられている。そのために、単なる提示の道具としての位置にとどめられている。(2)

小説と詩の単純すぎるかに見える二分法はさておき、ここでレリスの言わんとしていることはわかりやすい。ファルドゥーリス＝ラグランジュの〈小説〉においては、詩は単なる「色付け」ではなくて、原理そのものであり、それは小説の形をとった詩なのだということだ。ファルドゥーリス＝ラグランジュの作品においては、詩と小説という「まさに文学固有の二つの極が、見事なバランスのうちに、一つに結び合わされている(3)」のである。

ごく素朴に言うなら、詩であるためには何がしかの筋と登場人物を備えた物語に近すぎ、物語であるためには詩に近すぎる。あるいは難解な哲学的省察のようでもある。それがまずファルドゥーリス＝ラグランジュの作品に触れたときの、人が最初に抱く印象だろう。

だが、それではなぜファルドゥーリス＝ラグランジュは、詩を書かなかったのだろうか。言いかえれば、なぜ「小説」を書いたのだろうか。もちろんファルドゥーリスがいわゆる詩をまったく書かなかったわけではない。だがそれは詩集『草月』（一九九一）一冊だけのことであり（ちなみに草月とはフランス革命暦第九月のことで、現行暦の五月から六月をさす）、彼は詩人であるよりもむしろもっと長い、物語的な（その物語性がいかに稀薄に見えようとも）散文の書き手だったのだ。

なぜファルドゥーリスは、いわゆる詩ではなく「小説」を書いたのだろうか（あるいは、もう少し厳密に言うなら、なぜ自分の本のいくつかを「小説」と銘打ったのだろうか）。そのことに、ここでごくあっさりと答えるならば、ファルドゥーリスの目指すものが、いわば独自の「神話」の創出にあったからだと、とりあえず言うことができるだろう。神話とはもちろん何よりもまず（詩を兼ね備えた）「物語」である。しかもファルドゥーリスの「神話」は、「私」が語る「今ここ」の日常性から切り離されてはいない。日常性と神話の混淆。ここには、詩でありながら小説である必然性が隠れている。ファルドゥーリスの物語は、神話的で宇宙論的《コスモロジック》な世界の広がりと、きわめて難解で詩的な形而上学的思弁性を持ちながら、それでいて、ごく卑近な日常性や卑俗なものから、決して完全には離陸しないのである。

神的なものと日常性との混淆というこの特徴は、言い方を変えれば、叙事詩的《エピック》なものと抒情詩的《リリック》なものとの融合としてみることもできる。叙事詩を小説の祖先とする見方に従えば、[4]ここには小説と詩との融合がある。

ファルドゥーリス＝ラグランジュの作品が、常にある種の「語り」として提示されているように見えることは指摘しておいてよいだろう。[5]一人称の「私」による語りであれ、三人称の「彼」としての叙述であれ、ファルドゥーリスには、常に伏在するかのような力強い「声」がある。その声の存在は、ギリシア人であるファルドゥーリスが、ギリシア悲劇の合唱《コロス》のような手法を作品の中に好んで導入することとも深く関係しているだろうが、それにとどまるものではない。「私」による一種の告白体の語りである場合にはむろんのこと、たとえ「私」と自らを名指す語り手＝登場人物がいない場合でも、あたかも抒情詩において常に〈主観的な表出〉が問題となるように、[6]ファルドゥーリスの世界は、常に「抒情的な私」(le je lyrique)によって織り上げられているように見えるのだ。「抒情的な」と言っても、もちろんセンチメンタルな、というような意味ではないし、また、「私」と言っても、作者自身の自伝的な「私」とはまったく関係がない。そうではなくて、これはあくまでも、抒情詩が詩人の主観的な表出の形をとるという、「構え」の問題のことを言っているのだ。[7]そこに（登場人物としての）「私」はいてもいなくてもよいし、またその「私」が虚構的なものであっても、自伝的なものであってもよいが、そういうことは関係なく、「構え」としてそれは詩人の語り＝表出になっているということだ。神話に材をとることの多いファルドゥーリスの世界は、むしろ叙事詩《エピック》的なものに通じるが、その表出の仕方は、強く抒情《リリック》的な詩人のものなのだ、と言ってもよい。叙事詩《エピック》的なものと抒情《リリック》的な表出の混淆、一言で言うなら、ここに、小説と詩という二つの極が一つに絡み合わされたファルドゥーリスの特質があると言えるだろう。

　もっと具体的に語ってみよう。たとえば、短篇集『エドムの子どもたち』に収められた巻頭の一篇、「プロイトスの娘たち」（一九四〇）から、その書き出しを引いてみるだけで、神話的な次元に「私」という表出が結び付けられるファルドゥーリスの世界の特質を確認することができる。

　しばらくのあいだ、かつて祖母でもあった牝牛は、川の上に浮かんでいた。それから、二度と水面に浮上することなく、何年かがすぎた。深い水の中で、自分の守り手の健忘症的な目を、時おり敏感に気にしながら。

　私は、ある午後のあいだずっと、愛撫の支配を受けつつ休んでいた。自然が舞踊のような描線を生み出し、それをプロイトスの娘たちの記憶が透明に引き剥がしていた。だが、遠近法は変質し、私の裸は使い果たされた。沈黙に従い、震えに与した。そして、ごつごつした岩に浸食された永久の徴の仲間入りをした。

千年の後、牝牛はまだそこにいた。天空の布地の下に。（E, p. 9）

ギリシア神話のプロイトス、より正確に言えばプロイトスの娘たち（プロイティデス）[8]に材をとったこの短篇の冒頭から、読者は一気にファルドゥーリスの幻惑的な世界に引きずり込まれる。「祖母」（ないし「祖先」、aïeule）、「水面に浮上することなく何年かがすぎた」（des années passèrent sans qu'elle regagnât la surface）、「プロイトスの娘たちの記憶」（la mémoire des Prœtides）、「永久の」（perpétuel）、「千年の後」（mille ans après）といった語彙が、日常的な次元から遊離した神話的な世界に舞台があることを雄弁に伝えている。ところが、それを語る「私」が登場した瞬間に、物語をどう受け取るべきかという枠組みが一変する。第二段落に突然登場するこの「私」が何者なのか、まったく不明だが、この〈私〉もまた、ゆうに千年を越える時を生きる超時間的な存在らしいのである。もちろんそれならばそれでよいが、瞬間的には、私たちの感覚は攪乱される。具象的な「私」が一気に神話的な次元を獲得することによる混乱のようなものが、ここにはある。

この作品のようにギリシア神話を題材にしたり、同じく『エドムの子どもたち』に収められた短篇「ゴリアテ」（一九四四）のように旧約聖書に想を借りたりすることは[9]、ファルドゥーリス＝ラグランジュにおいて頻繁に見られることである。だが一方で、ごく日常的な風景を舞台にした物語の場合でも、結局同じことが起こる。ただしその方向が逆になる。そこでは逆に、日常的な風景が、いつしか超自然的な相貌を帯びるのである。流し台で魚をさばくシーンから始まる『大いなる外的客体』[10]（一九四八）がそのもっとも際立った例となるだろう。

カドミュスは流しの中で魚たちのはらわたを抜き出していた。頭の付け根を指で押さえると、顎が開いた。血が絶え間なく降り注ぐ雨水と混じって薄くなっていった。蛇口は頑強な湾曲線を描き出し、その湾曲線は、空と空がごった返すそのただ中で、変形していた。臓物の細かい筋がくっつき、排水溝のギザギザの穴に押し流そうとする水の流れに逆らって、離れなかった。魚たちは赤く、そのひれは極度に緊張していた。魚たちは、とろけた重力の重みをたっぷりと受けてその鱗を崇高なものにしつつ、淡水を潜り抜けて来ていた。人間の大きさは、あの超自然的で雨の多い時代によって無視されていた。　　　　(GOE, p. 15)

ファルドゥーリスの世界では日常的な動作も単なる日常そのものではいられない。「流し」(évier)、「蛇口」(robinet) といった日常的な語彙、あるいは「臓物」(entrailles) といったきわめて具象的で即物的な語彙が、「空と空がごった返すただ中」(au milieu de la promiscuité des cieux) で「超自然で雨の多い時代」(ces époques surnaturelles et pluvieuses) の中に溶け込んで混じりあっていく。

人間の世界は、自然という超人間的な時間と空間に結び付けられ、重ねあわされて、「今ここ」の限定された時空にあるとともに、そこから引き離される。「繰り返されるそれぞれの動作は、存在の秘められた内奥を映し出す。それぞれの動作はまた、現在という時にくらべてより大きな自由の始まりでもありうる」(GOE, p. 16) と、このあとに続くページにファルドゥーリス自身が書きつけているように。

ファルドゥーリスの描き出す世界は、「今ここ」であっても「今ここ」でない。それは常に、「ここではないどこか」につながっている。その「どこか」を、たとえばヴァンサン・テクセラが言うように[11]、何らかの「起源」の場所であり、ファルドゥーリスの詩的営為をその「起源」なるものの探究だととらえてもよいが、いずれにせよ、それは詩的言語だけが到達しうる「どこか」あるいは「何か」である。少なくともファルドゥーリス＝ラグランジュは、それを自らの秘教的《ヘルメス》な言語によって表現しうることに賭けているのだ。その意味で、ファルドゥーリスの「私」は、語りの現在時にいる具象的な「私」であると同時にそうではない。「私」と口にした途端、人は「今ここ」に結び付けられるが、ファルドゥーリスの「私」は、同時に「今ここ」を超える「どこか」につながっているからだ。それは「私」であって「私」ではない。それは、言ってみれば「非人称の『私』」(« je » impersonnel) とでも呼べそうなものである(そのことについては、第五章でより詳しく扱う)。

ファルドゥーリスが読みにくいのは、単に言葉遣いが特殊だとか、詩的な比喩が難解だ、ということだけによるのではない。より根本的な理由は、それが、「今ここ」を語りながら、「今ここ」ではない「どこか」を語っているからだ。「感覚下の現実の中には、常に一つの宇宙創成《コスモロジー》の理法がある」(GOE, p. 18)とは、『大いなる外的客体』の中の言葉である。時空と次元を超え、日常と神話が、現実と夢想が、重ねあわされた二重写しの世界がそこに広がっている。「非人称の『私』」という矛盾した表現をあえて使うのは、その矛盾した表現で表されるような何かこそが、ファルドゥーリスの近づきがたい世界の核にあると思うからだ。

これから本書で語られることになる研究が最終的に目指す地点、その核となるモチーフはおおよそ以上のようなものだ。

とは言いながら、これを書いている私自身、ファルドゥーリス=ラグランジュの作品を読んで何かがよくわかっているとは、とても言いがたい。いや、正直に言うと、いまだに何一つわからないと言ってもいいくらいだ。あらかじめ断っておかなければならないが、この本は、ファルドゥーリス=ラグランジュの秘儀によく通じた人間が、その秘儀を明快に解説し、伝授するという種類の本ではない。そうではなく、せめてその世界の入り口に立ち、手探りでわかることだけを伝えて、その世界の魅力をほんの一端でも紹介したいと思っているだけの本である。

ミシェル・ファルドゥーリス＝ラグランジュについては、今のところ、日本語に訳された作品は一冊も存在せず、最初に引いたミシェル・レリスの短い紹介が再録された『獣道』[12]が翻訳されているほかは、知るかぎり日本語で読める研究や論文は存在しない。おそらく日本語でミシェル・ファルドゥーリス＝ラグランジュという名を目にする機会さえ、ほぼ絶無に近いだろう[13]。しかし、いずれ必ずファルドゥーリス＝ラグランジュに注目し、取り組もうとする研究者が日本でも出てくるに違いない。私よりもきっとファルドゥーリス＝ラグランジュの秘儀に近づく資質のあるそうした人たちが出てくるための、露払いの役目が果たせるかどうかさえ心許ないが、その環境のささやかな土台にでもなれば幸いだと思っている。

ファルドゥーリス＝ラグランジュを読むことは容易ではない。そのことは、ファルドゥーリスを論じてきた多くの作家や研究者が飽かず繰り返し指摘してきたことだ。

たとえば、エルヴェ・カルンは、「ファルドゥーリス＝ラグランジュのテクストの中に入り込むのは簡単ではない[14]」と書き、ユベール・アッダッド（作家でもある彼は、ファルドゥーリス＝ラグランジュをもっとも熱心に論じている一人だ）は、「通常考えられる読みやすさという規約を無視した、慣習の埒外にある[15]」作家、と評した。

ファルドゥーリスと同じカイロ生まれの盟友ジョルジュ・エナンは「秘儀に通じない読者、ファルドゥーリス＝ラグランジュの作品を初めて読む読者は、不気味な困惑を感じ、その困惑はなかなか消え去らないだろう[16]」と書き、近年ファルドゥーリスに注目して何本かの論考を発表している若き研究者ヴァンサン・テクセラは、「謎めいた複雑な散文で織り上げられた〔……〕ファルドゥーリスのディスクールの意味をつかむためには、類を見ないほどの忍耐を発揮してテクストにしがみつく必要がある」が、「それでもなお、それが何について書かれているのかさえ定かではない!」とやや自嘲気味に慨嘆してみせる。[17]

さらに、ファルドゥーリスの自伝的な色合いが濃いと言われる『メモラビリア』の二〇〇一年の再刊版に序文を寄せたエリック・ブルドに至っては、「一体彼は読まれるために書いているのだろうか。〔……〕ファルドゥーリス=ラグランジュの本を読むことは、間違いなく一つの試練だ。読者に対してこれほど厳しく当たる作家はほとんどいない[18]」とまで書いている。

もう一度言うが、ファルドゥーリス=ラグランジュを読むことは容易ではない。容易ではないが、しかし、言語では到達できない(それでいて言語にしか到達できないのかもしれない)不可能なものに迫ろうとする難解な思考の、その厳しい美しさ、豊かさを、これほど味わわせてくれる詩的実践は、ほかにそうはないだろう。『ゴリアテ』の中の表現を借りれば、ファルドゥーリスを読むことは、「奇妙で、おそろしく要求度の高い陶酔の中に[19]」埋没していくような作業なのである。これまで少なからぬ数の人々が、みな一様にその「読みにくさ」を強調しながら、それでも論じようとしてきたのも、そのためにほかならない。

これから、その世界の一端を紹介しようと思う。

＊

まったく日本語訳のないミシェル・ファルドゥーリス＝ラグランジュの作品について、これからの記述が少しでも見通しがよくなるように、ここで簡単に主要な本のタイトルだけでも並べて、その概略を示しておこう。

ファルドゥーリスが初めて刊行した本は、先に書いたように、ミシェル・レリスが〈小説詩〉と呼び、書評を書いた『セバスチャン、子ども、そしてオレンジ』（一九四二）である。これは長篇小説だが、レリスが言うように、まさに長い詩でもあるような散文である。

その次に『無力への意志』（一九四四）という長篇を刊行しているが、これは絶版になり、今では入手不可能だ。

三冊目の本となるのが、序章でも紹介した『大いなる外的客体』（一九四八）。ここまではどれもファルドゥーリス独特の詩的な散文による長篇小説ということになる。

同じ年、それまでに書かれた短篇作品を集めて『知られざるテクスト』（一九四八）を出版する。ここには、長さもモチーフもバラバラの、九篇の短い作品が収められている。

一九五八年に出版された『ベノーニの時に』は少年時代に友人を病気で亡くした実体験に基づく物語で、難解なファルドゥーリスの作品の中では、比較的読みやすいものだと言っていいだろう。

自伝小説『メモラビリア』（一九六八）も、これからの記述の中でたびたび引用することになるだろう。自伝的な作品とはいえ、ファルドゥーリスの書き方は、日常的な経験でさえ卑近なエピソードとして読むことを容易には許さないが。

ジョルジュ・バタイユの友人でもあったファルドゥーリスが、バタイユについて書いたのが『G・Bあるいは傲岸な友』（一九六九）である。バタイユ研究者によってむしろ知られている本かもしれない。

一人称で書かれた六つの章からなり、天地創造の六日間へとわれわれを導く『弁神論』（一九八四）は、ファルドゥーリスの詩的芸術の集大成ともいえる大作である。これも絶版で、簡単には入手することができないが、ギリシア神話を独特の言語で語り直すスケールの大きさと、十八回書き直したという彫琢を重ねた文章は、堂々たる代表作と言っていいだろう。ただ、本書ではこれを正面から取り上げるだけの力が筆者にはなかった。代わりというわけではないが、ギリシア神話の悲劇の狂女メデイアの語りという形をとった美しい小品『メデイアの弁明』（一九八九）を第五章で論じている。

ファルドゥーリス没後の一九九六年には、雑誌等に発表された短篇を集めた『エドムの子どもたち』という短篇集が刊行されている。執筆が一番古い「プロイトスの娘たち」（一九四〇）から、一番新しい「定理」（一九九二）まで、全十二篇と異本一篇が収められている。

ファルドゥーリスの本はこれがすべてではないが、概ねここに挙げたような本のタイトルを知っておけば、これからの本書の記述がわかりやすくなるだろう（詳しい作品目録は、巻末の書誌をご参照いただきたい）。

*

最後に、本書の構成について簡単に述べておこう。

第一章ではミシェル・ファルドゥーリス＝ラグランジュの生涯を簡単にまとめた。その中でファルドゥーリスが創刊した雑誌『三等列車』について触れているが、これについては、その内容やシュルレアリスムとの関係をやや詳しく紹介するため、あらためて一章を設けた。第二章がそれにあたる。

第三章から第五章までの三つの章では、ファルドゥーリスのいくつかの作品を取り上げて具体的に論じた。いわばファルドゥーリス論としての本書の中心部分である。第三章では、『セバスチヤン、子ども、そしてオレンジ』を中心に、『ベノーニの時に』にも触れつつ、ファルドゥーリスの作品世界に遍在する死者の影を論じた。第四章では、『無力への意志』と『大いなる外的客体』を中心に、「創造主」に対する人間の「無力」、あるいは「原初」「事物の根源」に遡ろうとする人間の「無力」に対して、ファルドゥーリスが注ぐ視線を取り上げてみた。最後の第五章では、「今ここ」に発しながら、超越性へとつながるファルドゥーリスの「私」について、初期の短篇と『セバスチヤン……』、さらに『メデイアの弁明』をつなぐ形で論じてみた。それぞれの章は、大きく見れば、ファルドゥーリスにおける「此処」と「他処」の二重性というテーマで緩やかにつながっているが、順を追って読んでいかねばならないというほどのつながりはない。むしろそれぞれが独立した論考として書かれている。一冊の本として見た場合には、いわゆる「長篇評論」ではないということが一種の瑕ともなるだろうが、同じテーマをさまざまに視点を変えて論じてみた「変奏」の試みとして読んでもらえればありがたい。

第1章

生涯

私は、自分のものではない子ども時代を生き、本を通じてそれを再構成しようとしてきた。そうであるならば、自伝という次元に一体どんな役割を与えたらよいのか。

――『メモラビリア』[1]

エジプトのギリシア人

カイロやアレクサンドリアなど、エジプトには古くから大きなギリシア人コミュニティがある。そのカイロで、ミシェル・ファルドゥーリス＝ラグランジュは、一九一〇年八月九日、ギリシア人の家庭に生まれた[2]。母カテリナ・ニコライディス（一八八〇－一九三六）は、古代ギリシア時代、女神アルテミスの神殿があったとされるレロス島の出身であり、かなり歳の離れた父ニコラス・ファルドゥーリス（一八六一－一九四二）は、アプロディーテー（ヴィーナス）が西風《ゼピュロス》に運ばれてたどり着いたという島、シテール島の出身である。ニコラスは公共土木工事の請負業者で、二人は一九〇二年にカイロで知り合った。古代ギリシアの香りをはらんだ風は、その後、生涯を通じてミシェル・ファルドゥーリス＝ラグランジュの作品の中をそよぎつづけていく。

ミシェルが生まれた二年後、一九一二年に、一家はエジプト北東部、地中海沿岸にあるポートサイドに移り住んだ。海を臨むテラスからの眺めを、ミシェルはとても好んだらしい。『メモラビリア』にある次のような一節は、その頃の記憶を響かせたものと言えるかもしれない。

私の家は海にその横顔を向けていたので、時を遡ろうとすると、私は海もまたまったく同等の資格で思い出す。海のざわめきはいつも巧妙に家の中を埋めている。しかし家はしじゅう換気され、潮の香りが家具の上に湿った堆積を残している。やがて窓がまた閉まると、屋外の印象が静寂と飽和の中に沈殿する。私はある生のオートマティスムの中に落ち込む。そこには、水面すれすれで泳ぐ海底の生き物のようにいつでも動ける自由さが溢れている。

(M, p. 41)

一九一七年、幼いミシェルは、当時流行していたスペイン風邪にやられ、その後、一九二〇年に一家はカイロに戻ることになる。体が弱くなったミシェルは、養生のためにカイロで医者をやっているおじのところへ通ったという。その家の書棚が、幼いミシェルの想像力を育むことになる。特に魅惑されたのは、医学書の図版やジュール・ヴェルヌ、それにイタリアの画家セガンテイーニ(3)の絵画だった。
その頃、のちのファルドゥーリス＝ラグランジュの作品に影を落とすことになる二つの不幸な出来事が起こっている。一つは、一九二二年、親しかった学校の友達をチフスで亡くしたことである。『ベノーニの時に』で語られる「ベノーニ」が、この友達だ(「ベノーニの死が残した空白を、僕たちはこんなふうに転移されたヴィジョン以外の一体何で埋めればいいのだろう」B, p. 67)。アルベール・ブランギエとの書簡で、ファルドゥーリスはこの本についてこう書いている。

『ベノーニの時に』は、私が幼い頃に一人のクラスメートを亡くしたときに感じた痛みについての脱線話なんだ。長いあいだ、私は彼を「列聖」したいと思ってきた。それがこうしてなされたわけだ。それも、この本が再刊されたのだから、二度にわたってなされたことになる。私の本には想像上のものは何一つないが、思い出がこうしてしっかりと彫り刻まれたわけだよ。(4)

さらに、一九二四年、ナイル川で小舟に乗っているときに、水に落ちて、やはり友達を一人亡くしている。(5)このときの悔恨の残響を、『メモラビリア』の終幕部分に、われわれはごくわずかに聴き取ることができるのかもしれない。

ひとたび水に落ちると、私はほかの者たちと同じように、ひっくり返った小舟の滑る横腹にしがみつこうとするが、小舟はあらゆる救助を拒否する。そのしなやかなバランスで、小舟は丸い中性的な物体と化し、そうして私は美徳へと解放されるが、その美徳の万力を、私はこれまで一度も緩められたことがない。（M, p. 196）

一九八一年に雑誌『ポエジー』に発表された短篇「テオルボと鈴」[6]（執筆は一九八〇年頃）は、そのタイトルとはかけ離れた、洪水をめぐる難解で思弁的な物語だが（「あらゆる出現は洪水に見舞われた場所の果実となる」E, p. 115）、そこでは「溺れた者たち」（les noyés）と「助かった者たち」（les rescapés）との対比が初めから終わり近くまで叙述の核をなしている。「助かった者たちは、木の枝につかまってしならせながらバランスをとっている」（E, p. 115）、「溺れた者たちはといえば、彼らの身体は、合法的で調和的な配置に固有の伝統に従っていた」（E, p. 116）。ここにもまた、溺死というモチーフが顔を出していることがわかるだろう。ただし、両者は無縁の対立項ではなく、むしろ連帯し、通底しあう二つの陣営にほかならない。

助かった者たちと溺れた者たちは、彼らの鎖を両側から引っ張りながら強固なものにし、彼らの非人称的な遊戯を互いに伝達しあっている。

(E, pp. 120-121)

のちの章で見るように、ファルドゥーリス＝ラグランジュの作品には死の影が色濃く漂っている。というよりも、死が生を包み、生が死を包んでいる。その背景には、こうした少年時代の友人の死という体験があると見ても間違いではないだろう。

ギリシア人作家ツィルカスとの交友

高校では読書好きの友人たちと、ソロモスやパラマス、カヴァフィス[7]など、ギリシア詩人の詩を朗読したりしていた。西洋文学にも目覚め、プルースト、マヤコフスキー、ヴェルレーヌ、ボードレールなどを読んだというが、とくにクヌート・ハムスン[8]に傾倒したらしい。『ベノーニの時に』の「ベノーニ」は、またハムスンの小説のタイトルでもある。ミシェル・ファルドゥーリスは、十四歳の時からすでにギリシア語で短い物語を書き、カイロやアレクサンドリアで発行されるギリシア語の文芸誌に発表し始めていた。

ミシェルの通っていたのは、カイロにあるフランス人学校だったが、そこで彼は、イアニス・ハジアンドレアスと友人になる。イアニスは、のちにストラティス・ツィルカス(一九一一－一九八〇)の名で、ギリシア語の小説家として有名になる人物である。二人はその後、ファルドゥーリス一家がフランスに移住した一九二九年から一九七六年まで、断続的に――時に長い休止を挟んだりしながら――、最初はギリシア語、ついでフランス語で、手紙のやり取りを続けることになる。(9) 戦争を挟んだあと、ツィルカスは約十五年ぶりにファルドゥーリスに手紙を書き送るが、その時、こんなふうに書いている。やや時間が前後するが、青年時代のファルドゥーリスの姿や二人の交友のありようを想像させて興味深いので、少し長く引いてみよう。一九四六年三月十八日のツィルカスから送られた手紙である（原文はギリシア語）。文中の「君」がミシェル・ファルドゥーリスということになる。

どうして君に手紙を書きたくなったか、説明するよ。昨日の夜、僕はランボーを読んでいたんだ。真夜中を過ぎていた。何ということもない普通の一日で、歓びもなければ、ほんの一かけらの詩の微笑みもなかったよ。いろんな考えで頭がごっちゃになっている一人の友人と真面目な話や感傷的な話をして過ごした。それからバカげた映画を一本見た。アメリカ映画だ。まるで頼んでもいないタバコを一本吸ったような気分だったよ。灰の苦味がまだ口の中に残っていた。僕はランボーを手に取った。眠る前にほんの一滴でも生のしずくを味わえないかと思ったんだ。その時、僕の心にヴィジョン vision〔原文フランス語ママ〕という言葉が襲ってきた。ランボー＝ヴィジョン Rimbaud-vision〔同〕というこの言葉、この思想とともに僕は眠り込んでしまった。それからかすかに目覚めた。外では海原いっぱいの三月の柔らかい光と、砂漠の真紅のひなげしが歌っていた。そんな時、君がやってきたんだ。僕の隣に立ったんだ。その斜にかまえた微笑みと、わざと厳めしくした声と、ロマンティックなしぐさと、人間やものごとのスペクタクルを少し驚きながら楽しんでいるようなまなざしをした君が。最も純粋なヴィジョン vision〔同〕の感覚を持っているのは君だった。〔……〕こうして今朝、僕は昔に戻り、あの透明な年月を反芻したというわけだよ。(10)

ファルドゥーリスが書いたわけではないこの手紙を引いたのは、もちろんランボーという詩人がこの若者二人を結びつけていたこと、つまりはファルドゥーリスにとっても特別な詩人であったことがわかるからであり、同時に、外から見たファルドゥーリスの姿を描き出してくれているからである(「斜にかまえた微笑みと、わざと厳めしくした声と、ロマンティックなしぐさと、人間やものごとのスペクタクルを少し驚きながら楽しんでいるようなまなざし」)。さらに、「最も純粋なヴィジョンの感覚を持っているのは君だった」という一節も重要だろう。「ヴィジョン」を文字通り「視覚」ととってもよいが、現実を観察するという以上に、ファルドゥーリスにとって重要なのは、「幻視」とでも訳すべき「ヴィジョン」の方だ。ファルドゥーリスの文学世界は、「幻視する力」を抜きにしては語ることができない。

手紙はこのあと、ツィルカスが一九三七年にパリで開かれた作家会議で、ファルドゥーリスを見かけていたという話になる。話しかけようと思ったら、ちょうどそのとき、アラゴンの発言をブルトンの仲間の誰かが遮ろうとしたためにちょっとした騒動が起き、話しかけられなかったのだ、といったエピソードをツィルカスは披露するのである。それもまた興味深い話だが、シュルレアリスムとファルドゥーリスの関係は、後ほどまたあらためて書くことにしよう。

パリ生活の始まり

一九二九年八月、ミシェルの家族は、一家でパリに移住する。ミシェルが十九歳になる直前のことだ。ミシェルは七月の末にいったんアテネに立ち寄り、そこからマルセイユに向かっている(七月二十七日)。パリに向けてマルセイユを発つのは八月一日だった。それぞれの場所で、彼は刻々とツィルカスにポストカードを送っている。そのおかげで、われわれもこうした日付を追うことができる。

カイロを離れる直前の七月十一日、ツィルカスに宛てた手紙に、ミシェルはこんな言葉を書きつけている。「このところ、僕のまわりでは何もかもが光だ。なぜかはわからない。特別な才能や幅広い知識に恵まれているわけではないけれど、僕はあらゆるもののすぐそばにいるんだ(11)」。新しい場所での暮らしを前にしての、弾むような気持ちが読み取れるような文面でもあり、それと同時に、外界の事物を受け取るファルドゥーリスの感性のあり方がよく伝わる表現でもある。実際、この箇所の直前に、彼は「すべては、事物に対して持つ僕たちの特別な傾向にかかっている」のであり、「あらゆる印象は外部からやってくる」のだ、とこの文学仲間に対して書いている。

とはいえ、フランスでの暮らしは、外国人にとって甘いものではなかった。貧困と空腹、そして外国人であるというだけで受ける警察からの冷たい扱いに悩まされたようだ。「ここに着いた時、私は惜しげもなく、この国に自分を与えた。しかし、いたるところで私は拒絶された(12)」と、数年後に彼は書いている。

パリに来てすぐ、ギリシア語で『サトラスの本』という物語を書き始めたほか(結局未刊に終わった)、アレクサンドリアのギリシア語文芸誌に短篇を発表したりしている。フランス大学出版局で仕事をしながら、高等教育・研究機関の一つである高等研究実習院(Ecole Pratique des Hautes Etudes)で、労働運動史の専門家である歴史家エドゥアール・ドレアン(一八七七－一九五四)の講義に出席していた(一九四〇年まで)。

だが、一九三一年ごろから、極貧と政治への傾倒の中で、彼は書くことをやめてしまう。カイロ時代から共産主義に親しんでいた彼は、共産党に入党し、党員名《コードネーム》ラグランジュを名乗る。これがその後、そのまま筆名《ペンネーム》として残り、ミシェル・ファルドゥーリス＝ラグランジュとなるわけだ（ツィルカスは戦後送った手紙の中で、ファルドゥーリスの名前をある雑誌で見かけたと言い、「でもこのラグランジュって何なんだい？」と尋ねている）[13]。一九三五年、ミシェルは「インターナショナル」を歌ったという廉で強制送還の命令《アレテ》を受けたといくつかの資料に記述があるが、帰国はしなかったようだ。共産党からは一九三六年に除名されるが、その前年の一九三五年にやはり共産党に近かったアルベール・ブランギエと出会い、その後、生涯にわたる手紙のやり取りをすることになる。ちなみに、このブランギエは、第二次大戦時のナチスによるフランス占領時代、レジスタンス活動員として、ミシェルに偽造身分証明書を作ってくれる人物でもある。

初期作品群の執筆

一九四〇年まで、彼は高等研究実習院の「文献学・歴史学」部門の講義を受ける傍ら、サント・ジュヌヴィエーヴ図書館に熱心に通う。このサント＝ジュヌヴィエーヴ図書館で未来の妻となるフランシーヌ・ド・ビュイルと出会っている。ところが、実はミシェルは、一九三七年にすでに別の女性と結婚し、翌年、モニックという娘が生まれていたのである。だが、娘が生まれたその一九三八年、彼はすでにフランシーヌと一緒に住み始めている。その辺の詳しい事情はわからないが、ともあれ、その頃から彼はまた書くことを再開した。まず一度中断していた『サトラスの本』を、今度はフランス語で書き始めるが、それも結局未刊行に終わった。それから一九三九年に『無力への意志』を（この年、息子パスカルが生まれている）、一九四〇年に短篇「プロイトスの娘たち」と長篇小説『セバスチヤン、子ども、そしてオレンジ』を書く。さらに一九四一年から一九四三年にかけて、あいかわらず苦しい生活の中、『大いなる外的客体』を（のちに述べるようにヴェズレーのバタイユの家に隠れ潜みながら）書き上げている。

それぞれの作品は、書き上げてすぐには出版されなかったが、『セバスチヤン、子ども、そしてオレンジ』が刊行された一九四二年、この本によってポール・エリュアール、ジャン・ポーラン、ミシェル・レリス、レーモン・クノー、そしてジョルジュ・バタイユらに注目されることになる。というより、そもそもこの本の出版自体、エリュアールの口利きで実現したものだったようだ。[14] エリュアールは、のちに自分の詩集『無意識の詩と意図した詩』をミシェルに献呈した際、「私が崇拝する数少ない生きている者の一人、ミシェル・ファルドゥーリス＝ラグランジュへ」との献辞を添えている。[15]

今挙げた人々に注目された理由として、さらに、エリュアールからジャン・レスキュール（一九一二－二〇〇五）を紹介されたこともおそらく大きい。ジャン・レスキュールは、のちにレーモン・クノーやジョルジュ・ペレックらを中心とした遊戯的な言語実験で知られる「ウリポOulipo」（潜在的文学工房 Ouvroir de littérature potentielle）の創始者の一人となる詩人、作家だが、当時、詩を中心とする文学の雑誌『メサージュ』（一九三九－一九四六）の編集長でもあった。『メサージュ』は、占領下の一九四二年からは、ドリュ・ラ・ロシェル率いる対独協力派の雑誌『NRF』に対抗して、レジスタンスを標榜する文芸誌となったが、ともあれ、先ほど挙げた、『セバスチヤン、子ども、そしてオレンジ』とともにミシェル・ファルドゥーリス＝ラグランジュの才能を認めた作家たちはみな、ジャン・レスキュールと『メサージュ』の人脈につながっているのである。

かくして、ミシェル・ファルドゥーリスが書きためていた短篇「プロイトスの娘たち」は、「ドメーヌ・フランセ[16]」と題された『メサージュ』の一九四三年の号に掲載された。また、『無力への意志』は、戦争の終結が見え始めた一九四五年（ただし印刷されたのはノルマンディー上陸作戦とほぼ同期する一九四四年六月十五日）、雑誌『メサージュ』から派生した特別な刊行物として（つまり複数の著者の原稿を集めたものではなく、たった一人の著者の長篇として）、ミシェル・レリスの序文と、ラウル・ユバック（この画家もまた『メサージュ』人脈の一人だ）の挿画をつけて出版された。ちなみに、同じような形で『メサージュ』の「特別号」として刊行されたのが、ジョルジュ・バタイユの『アルカンジェリック』（一九四四年四月三十日付）である。一九四二年に知り合ったジョルジュ・バタイユとは、ミシェル・ファルドゥーリスはとりわけ強い友情で結ばれ、のちに『G・Bあるいは倣岸な友』（一九六九年）というエッセイを書くことになる。

逮捕――独房での執筆

戦争中に話を戻そう。一九四三年一月、警察に追われる身であったファルドゥーリス＝ラグランジュは、フランス中部の村ヴェズレーにあるバタイユの家に身を潜める。戦後になって出版される『大いなる外的客体』を書き上げたのはここでのことだった。

一九四三年八月二十三日、パリに戻ったファルドゥーリス＝ラグランジュは地下鉄の中で逮捕される。罪状は、共産主義のプロパガンダを行った疑いと偽造身分証明書の携帯。三年の刑を言い渡され、かつてアポリネールが入っていたことでも知られるサンテ刑務所の住人となるが、ポール・ヴァレリーとバタイユ、ジャン・ポーランの仲介のおかげで、図書係の仕事と個室（というか、独房と言うべきだが）を与えられた。ちなみに、ヴァレリーは『セバスチャン、子ども、そしてオレンジ』を高く評価して、こんなふうに書いている。「私が彼について（とりわけその最新作『セバスチャン』について）知っていることは、ここにはあるオリジナリティがみられるということです。言うなれば、奇妙さの中の名人芸というか、非常に鋭敏な心理的洞察の才能と最も現代的な詩的表現のセンスが結びついています。この不思議な書物を書いたのは、きわめて洗練された精神の持ち主でしょう(17)」。

刑務所の中でも、ファルドゥーリスは書くことをやめなかった。短篇「ゴリアテ」（のち『エドムの子どもたち』所収）が書かれたのは、この独房の中である。先述のレジスタンス文学誌『メサージュ』に発表された「プロイトスの娘たち」も『無力への意志』も、彼が閉じ込められたこの独房で書かれ、彼が見ることのできない塀の外で世に問われた。結局、刑期の三年を待つことなく、一九四四年八月十七日、レジスタンスの手によってファルドゥーリス＝ラグランジュは解放される。戦況について言えば、ノルマンディー上陸作戦によって進攻してきた連合軍がもうすぐそこまで迫っており、パリ市民にとって、戦争は――そして占領は――、もうほとんど終わろうとしているときのことだった。一週間後の八月二十五日が、パリ解放の日付である。こうしてパリ市民にとっての占領暮らしと、ファルドゥーリスにとっての監獄暮らしが、ほぼ同時に終わる。ファルドゥーリスはその二週間ほど前、三十四歳になっていた。

雑誌『三等列車』の刊行

一九四五年、ファルドゥーリス＝ラグランジュは、当時二十四歳の若き哲学教師だったジャン・マケと出会う。そして同年十月、マケとともに、雑誌『三等列車』(18)の刊行を開始する。短篇「ゴリアテ」がフォンテーヌ社から出版されたひと月後のことだった。一九五一年まで五号が出されたこの雑誌のタイトルは、アンドレ・ブルトンの「われわれ三等列車の乗客」（『通底器』）というフレーズに直接由来している。この雑誌にファルドゥーリスは毎号必ず短いエッセイを寄せているが、そのほとんどがシュルレアリスムへの自身の考えを表明するものだった。のちにファルドゥーリスは、この雑誌の試みをこう振り返っている。

私たちはサルトル《サルトリスム》の思想もシュルレアリスムも見限っていたんだ。一方はそのアンガージュマンの思想のために、もう一方はそのスキャンダラスな示威行動のために。私たちはそのどちらとも違うほかの場所に自分たちの身を置きたかった。外部性の領域に。つまり、言語の神話の中にね。(19)

ここで「外部性の領域に」(dans le domaine de l'extériorité)と並んで「言語の神話の中に」(dans le mythe du langage)という言葉が飛び出していることに注目しよう。一般的に「神話」という言葉は、ある種の比喩として、実体はないのに人々に絶対だとイメージされているような事柄などを指すことがあるが、ここでは文脈上そういう意味でないことは明白だろう。そもそもファルドゥーリスが「神話」という言葉をそんなふうに軽々しく使うことはありえない。ファルドゥーリス＝ラグランジュの作品を読むときに、ギリシア神話や旧約聖書の世界は抜きがたい前提としてあるからだ。彼にとって「神話」は文字通り何かしらの神的なものと考えるべきである。ファルドゥーリスの言う「言語の神話の中に」とはどういう意味なのだろう。「言語という神話」

なのか、「言語によって作られた神話」なのか、それとも「神話的な言語」のようなものなのか。いずれにせよ、「神話」とは（それが比喩でない以上）、ある種の「超越性」である。だからこそ「外部性の領域」なのだ。そしてそれは「ほかの場所に」（ailleurs）あるのであって、シュルレアリスム（やサルトルの思想）の中にはない、と言っているのである。そういう「超越性」を秘めた言語の中に身を置きたいというファルドゥーリスの態度は、したがって、シュルレアリスムとファルドゥーリスの文学世界との対比を考える上では、とても重要で興味深いポイントになる。ファルドゥーリスとシュルレアリスムの関係はどのようなものだったのか。順序としては、雑誌『三等列車』の話が出たここで触れておくべきかもしれないが、それにはやや長めの脱線が必要になるので、次章に一つの章を設け、そこでまとめて扱うことにしたい。

ここでは、ファルドゥーリスを取り囲む交友関係をざっと眺めておくために、『三等列車』に集まった陣容だけを書いておくことにしよう。一九四五年十月に刊行された第一号には、執筆者としてミシェル・ファルドゥーリス＝ラグランジュとジャン・マケのほかに、ルネ・ド・ソリエ、フランシス・ピカビア、ルイ・リシェ、ピエール・ファロの計六人が名を連ねている。翌四六年一月に第二号が出され、この号からジョルジュ・バタイユが加わる（ほかにジョルジュ・エナンとマルセル・ルコントも）。十一月に第三号、翌四七年五月に第四号が出るが、ここで新たに加わる名前は、アントナン・アルトー、ルネ・シャール、アルチュール・アダモフ、ロジェ・ジルベール＝ルコントらである。ほかに、アンドレ・ブルトンやジャン・ポーランにも協力を依頼していたが、どちらもいったんは寄稿を約束したものの、結局実現しなかった。このあと第五号が出るまでにはかなり間が空いて、一九五一年になってぽつりと刊行されている。そのためか、ファルドゥーリスの文章もやや趣が違うものになっていて、直接的にシュルレアリスムとの関係をうかがわせる要素は薄くなっている。巻末に第六号の予告が載っているが、結局刊行されないままに終わった。結果的に最終号となった第五号には新たにイヴ・ボンヌフォワの文章が掲載されている。

もう一度この雑誌を振り返ったファルドゥーリスの言葉を聞こう。

『三等列車』は、難問《アポリア》に満ちた領域のなかで迸った短い火花のようなもの、ほとんど無のようなものだった。それでも私たちはああいう一つのパースペクティブを自分たちで担うことができたし、しかも私たち自身の分際にそのパースペクティブを閉じ込めないという決まりも守ることができたんだ。(20)

次章で述べるように、ファルドゥーリス＝ラグランジュの詩的実践とシュルレアリスムの運動とは、一見似たように見えるところがあるとしても、その本質部分は、おそらく根本的に違うものだった（両者の根がランボー、ロートレアモン、そしてドイツ・ロマン主義にあることを考えれば、むしろ「根本」は同じと言えないことはないかもしれないが）。けれども、この短い『三等列車』の冒険は、当時最も大きな詩的・芸術的運動であり、おそらく彼自身引きつけられてもいたシュルレアリスムとの〈距離〉を測り、自らの立ち位置を定めるという意味でファルドゥーリスにとって間違いなく必要なものであっただろう。ミシェル・ファルドゥーリス＝ラグランジュはいわゆるシュルレアリストではない。つまりそのグループに属してはいない。だが、シュルレアリスムという大きな運動に、どうしてもこだわらずにはいられなかったことも、また事実なのである。

その後のファルドゥーリス

一九四六年以降、一九九四年に亡くなるまで、ミシェル・ファルドゥーリス＝ラグランジュは朝八時から机に向かい、とても規則正しい生活を送った、と『メモラビリア』巻末に添えられたファルドゥーリス略伝は簡単にまとめている。「朝はいつも私にとって完璧な環境だった（M, p. 199）」とは、『メモラビリア』の元になったテクスト「いとも豊かな時間」（*Les Très riches heures*、未刊[21]）のなかの一節である。そして午後は、カフェや自宅で友人と過ごしたり、パリの街を散策したりしたという。親しかった友人は、レーモン・ブランショーやミシェル・カルージュ、ジュアン・ヴァン・ランガノーヴァンらである。戦前からすでにフランシーヌと一緒に暮らしていたことはすでに書いたが、一九四八年、フランシーヌと正式に結婚する。この同じ年、ファルドゥーリスは二冊の本の刊行にこぎつけた。『大いなる外的客体』と短篇集『知られざるテクスト』である。マッタと初めて出会うのもこのころのことだ（ファルドゥーリスはのちにマッタの版画付きで『マッタについて』という本を出版している。この本についてはシュルレアリスムについての次章でも触れたい）。

戦後から九〇年代に亡くなるまで、彼は南仏で多くの時を過ごしている。まず、戦時中リュベロンに疎開していた画家のジャック・エロルドに誘われ、オペード＝ル＝ヴィュに共同で家を借りている。次いで一九五一年の夏、彼らはオペード（リュベロン）の近くで、廃墟となった修道院を見つけた。人里から離れ、打ち捨てられたまま完璧な美を体現したその寺院ラ・マラティエールを気に入った彼らは五二年から九三年まで、四十一年にわたってそこを借りることになる。改修を加えたその屋敷には詩人や芸術家仲間らが集まった。また夏休みやクリスマス休暇などには家族で過ごす場所となった。ファルドゥーリス＝ラグランジュの作品に南仏がよく出てくるのには、こうした背景がある。ファルドゥーリスの作品世界は神話的なイメージや象徴性に富み、現実からはかけ離れた側面を持っているが、一方で彼自身が暮らした現実の風景にも根ざしているのである。一九五一年に雑誌『三等列車』の最終号が出たことはすでに書いたが、その後五〇年代後半からは、『偉業』(一九五六)、『ベノーニの時に』(一九五八)、『女像柱《カリアティッド》と白子《アルビノ》』(一九五九)と刊行が続いている。ほかに、後年『エドムの子供たち』に収められることになる短篇のいくつかも書きためていたが、刊行には至らなかった(その後の作品も含めて『エドムの子供たち』が出版されるのは一九九六年になってからのことである)。

一九六二年、ジョルジュ・バタイユが帰らぬ人となる。それから七年後の一九六九年、ファルドゥーリスは『G・Bあるいは傲岸な友』を書き、かつての友に捧げている。表紙を担当したのはイザベル・ワルドベルグだった。パトリック・ワルドベルグの妻であるこのスイス生まれの彫刻家に、ファルドゥーリスは五五‐五六年頃に出会い、その作品に深い敬意を抱いていた。一九六三年から六六年にかけてロベスピエールを主題とした戯曲『サリュ・ピュブリック』を書くが、これは結局、上演されずに終わった。一九六八年には、「いとも豊かな時間」のタイトルで準備されていた自伝的なテクストが『メモラビリア』として刊行される。

一九七〇年、前述した『マッタについて』が刊行される。マッタとの交流も終生続くものだった。一九七二年の夏、ファルドゥーリスは、それまで軍事政権のため避けていた父母の故郷、ギリシアを訪れる。軍人たちがいつまでたっても失脚しないので半ばあきらめた形だった。この年以降、ファルドゥーリスは毎年ギリシアへの旅行を繰り返すことになる。夏の休暇はギリシアと南仏リュベロンとで過ごすのが習わしとなった。

なお、七〇年代から九〇年代にかけて、ファルドゥーリスは各地を訪れ多くの講演を行っている。そのリストのいくつかをここに挙げておこう。一九七一年五月七日「ニーチェについて」ナンテール大学文学部、一九七二年四月十五日「ポエジー、言語」リエージュ美学セミナー、一九八四年十一月五日「語られた雑誌」ボーブール、一九八六年十月九日「新・ニーチェについて」モントリオール大学、一九八七年五月二十一日「バタイユとコレージュ・ソクラティック」ヨーロッパ研究ユニット、一九八九年五月四日「ポエジーとフィロソフィー」ローマ大学、一九九二年五月十九日「内的体験」ヨーロッパ研究ユニット。これらの講演のタイトルから、詩と同じくらい哲学もまた彼の主要な関心事であったことがわかる。

一九七七年、『同一体への服従』をジュネーヴのピュイレモン社から出版するが、出版社の「撤退」(défection)により、結局ほとんどの部数が配布されることなく廃棄される。また翌一九七八年、ユベール・アッダッドによる初めてのファルドゥーリスに関する研究書『ミシェル・ファルドゥーリス゠ラグランジュと秘められた明白さ』が同じ出版社から刊行されたが、同様の運命をたどった。

一九七九年からファルドゥーリスはいわゆる「古典的な」形式の詩を書き始める。これらの詩はのちに詩集『草月』としてまとめられることになる(一九九一年刊)。一九八三年四月、ファルドゥーリスはフランス国籍を取得する。「ここに着いた時、私は惜しげもなく、この国に自分を与えた。しかし、いたるところで私は拒絶された」。一九二九年八月、パリに着いた時このように書いた十九歳の青年は、五十四年たって、フランス人となった。

一九八四年、十八回書き直したという『弁神論』が刊行される。ファルドゥーリスの詩的営為の集大成とも言うべきこの作品は、難解なファルドゥーリス作品の中でもさらにいっそう硬質な言語とイメージからなる構築物であり、容易に人を寄せ付けない峻厳な峰のようにそそり立っている。それから二年後の一九八六年、『セバスチヤン、子ども、そしてオレンジ』がミシェル・レリスの序文付きで再刊され（この序文はかつて一九四二年発行の『無力への意志』に付けられていたもの）、一九八八年には『大いなる外的客体』が再刊されている。おそらくこの頃から、知られざる詩人ミシェル・ファルドゥーリス＝ラグランジュの〈再評価〉が始まったと言ってよいだろう。同じ年、エリック・ブルドとの対話『神の技芸、忘却』も出版され、一九九〇年にはファルドゥーリスの八十歳を記念した論集『ミシェル・ファルドゥーリス＝ラグランジュをめぐって』も刊行されている。

ファルドゥーリス＝ラグランジュの最後の作品は、一九九二年、ジョゼ・コルティから出版された『未完成』だった。息子パスカルの自殺や妻フランシーヌの長期にわたる入院に見舞われたファルドゥーリスに、もうあまり長い時間は残されていない。一九九四年三月、短篇「テオルボと鈴」がマッタのエッチングを添え、百二十四部の限定版で刊行される。

一九九四年四月二十六日、ファルドゥーリスはピティエ＝サルペトリエール病院で、二つの夢を抱いたままこの世を去った。一つは南大西洋に浮かぶ火山島トリスタンダクーニャを訪れることであり、もう一つはアレクサンドリア生まれの新プラトン派の女性哲学者ヒュパティアについての書物を書くことだった。その夢はついに実現することはなかった。

第2章

三等列車の乗客

ロートレアモンが一等車の乗客で、シュルレアリスムが二等車、そして私たちが三等車の乗客だった。

——『三等列車』

前章ではファルドゥーリス＝ラグランジュの生涯をごく簡単に追ってみた。戦時中の刑務所生活を経て、戦後すぐに創刊した雑誌『三等列車』において、ファルドゥーリスは最も明示的にシュルレアリスムに接近したことになる。この章では、ファルドゥーリスのシュルレアリスムに関する言葉を拾い上げながら、ファルドゥーリス自身の実際の作品を検討する前に、その「文学観」のようなもの、ファルドゥーリスにとっての詩の実践が意味するものを浮かび上がらせてみることにしよう。

『三等列車』――シュルレアリスムの余白で

一九四五年、ファルドゥーリス＝ラグランジュは、ジャン・マケとともに、サン・ジェルマン・デ・プレのカフェ「ドゥ・マゴ」で定期的な集まりを持つようになる。集まったのは、ルネ・ド・ソリエ、レーモン・ミシュレ、ラウル・ユバックらで、彼らは雑誌『三等列車』刊行の計画を練っていたのだった。

すでに前章で触れたように、一九四五年十月に第一号が出されたこの雑誌は、一九四七年までに四号を、少し離れて一九五一年に五号を出してその歴史を終える。(1) 執筆者として、ジョルジュ・バタイユ、アントナン・アルトー、フランシス・ピカビア、ルネ・シャール、ロジェ・ジルベール＝ルコント、ジョルジュ・エナンらが集い、ラウル・ユバック、ヴィクトル・ブローネル、ジャック・エロルドらの挿画がページを飾った。タイトルがアンドレ・ブルトンの「われわれ二等列車の乗客」(『通底器』) というフレーズに由来していることもすでに書いた通りだ。一九九二年十一月にラジオ局フランス・キュルチュールで放送されたエリック・ブルドとの対談で、ファルドゥーリスは、「この雑誌名はブルトンの文章を直接的に受けたものですね」と問われ、こう答えている。

ロートレアモンが一等車の乗客で、シュルレアリスムが二等車、そして私たちが三等車の乗客だった、というわけでね[2]……。

ただし、最初に断っておかねばならないのは、どうやらファルドゥーリス＝ラグランジュはシュルレアリスムの作家たちのあまり熱心な読者ではなかったらしいということだ。生前のファルドゥーリス＝ラグランジュと親交のあったジュアン・ヴァン・ランガノーヴァンは、実際のところファルドゥーリスは、シュルレアリスムのテクスト（原典）そのものを大して読んではいなかったと書いている。ランガノーヴァンの言葉を引こう。「その緊密な結びつきにもかかわらず、実は、彼はシュルレアリスムをその原典において読み込んだことは、ほとんどなかった（一方で、その先駆者たち、ランボー、ロートレアモン、ネルヴァル等々は、彼にはドイツ・ロマン主義の谺を響かせるものであり、比較にならないほどの地位を占めていた）[3]」。同じく、アンヌ・ムニックもファルドゥーリスの妻フランシーヌの証言として、彼がシュルレアリスムのテクストを読んでいなかったことを伝えている[4]。

つまり、ファルドゥーリス＝ラグランジュにとって、シュルレアリスムとは、文学テクストではなく、まず何よりも「現象」ないし「運動」であり、「グループ」であった。そのことを踏まえた上で、ではファルドゥーリスは当時シュルレアリスムをどう見ていたのか。そして、『三等列車』をどのように位置づけようとしていたのか。それを確かめるために、あとから振り返る形ではあるが、わかりやすい対談での発言を、いくつか拾ってみよう。

確かに、私たちはシュルレアリスムを、スキャンダルを起こす機械《マシーン》だと見なしていたよ。〔……〕とはいえ、私たちは実存主義と呼ばれるものからも同じように遠ざかっていたんだ。実存主義はあまり詩に注意を払っていなかったからね。結局のところ、私たちはシュルレアリスムの潮流の方に近かったんだな。ただし、エクリチュール・オートマティックのゆえにではなく、シュルレアリスムが夢と現実の間に橋を架けようとしていたからだよ。〔……〕私にとって、夢と現実の両方から同時に由来する言語を見つけることが大事だったんだ。(5)

もう一つ、一九八四年十月十九日付の『ル・モンド・デ・リーヴル』でのラファエル・ソランとの対話。

シュルレアリスムの余白にあって、『三等列車』は、ブルジョワ階級にスキャンダルを起こすことをやめたんだ。存在論の問題圏の真ん中にこの雑誌を置くためにね。(6)

さらに、前出のフランス・キュルチュールでの対談で、エリック・ブルドから「〈三等車〉から見て、シュルレアリスムは激しさを失っていましたか」と問われて、

激しさを失っていただけでなく、問題は、彼らが決して異議を申し立てられたことがないということだった。〔……〕『三等列車』は問題提起の場だった。シュルレアリスムはそれに対して派手な〈パレード〉、〈見せびらかし〉が得意だったんだ。もちろんこの〈パレード〉にも意義はあるよ。ある意味では非常に誘惑的な側面を持つスペクタクルだったんだから。〔……〕けれども、ほかのことがないがしろにされている印象があったね。[7]

いずれの発言からも、ファルドゥーリスがシュルレアリスムに対して、一定の意義を認めながらも、違和を表明していることがわかるだろう。『三等列車』は、シュルレアリスム運動の余白でなされた「異議申し立て」の試みだったのだ。

アンドレ・ブルトンの拒否

とはいえ、ファルドゥーリスは、アンドレ・ブルトンと決定的に対立していたわけではない。

『三等列車』第四号には、ブルトンの原稿も掲載されるはずだった。だが結局、丁重な断りの返事が来た、とファルドゥーリスはユベール・アッダッドとの対談で触れている(8)。復刻版『三等列車』の巻末に付けられた資料編によって、そのときの状況を跡付けておくと、それはこんなことだったらしい。

一九四七年の『三等列車』第四号に寄稿することを、ブルトンは、いったんはほぼ承諾していたという。ジョルジュ・エナンは「《ブルトン＝バタイユ＝三等列車》の結合が芽生えるのを見られてうれしい」と書いている(9)。しかし、その号のテーマについてもう少し説明してほしいと要望する手紙を、ブルトンはファルドゥーリスに送る。そこで、ファルドゥーリスは自宅にブルトンを招き、ジャン・マケ、ジョルジュ・ランブールらを交えて夕食をとりながら、それについて話し合う場を設けた。ところが、そこでジャン・マケが激しくブルトンを攻撃したので、物別れになり、結局ブルトンの文章掲載の話はなくなったというのである。

ブルトンが、締め切りまでの期間が短いことを心配しながら、「喜んで〔協力する〕」と言い、ただし第四号のテーマについてもう少し詳しく説明してほしい、と書き送ったのは、一九四七年二月十六日付の手紙である。そのわずか一週間後の二月二十四日付の手紙で、ブルトンは雑誌への寄稿を断る手紙をファルドゥーリスに送っている。

親愛なる友へ
〔……〕
あの〔夕食の席の〕会話のなかで、ためらいや抵抗を見せたのはむろん私の方ではなかったわけですが、しかしあの会話のために、私はあなたの雑誌の次号の目次に自分の名前を載せるという計画について考え直さざるを得なくなりました。〔……〕
残念ながら、変わらぬ友情とともに。(10)

アンドレ・ブルトン

このエピソードからわかるように、シュルレアリスム批判（とりわけブルトン批判）の急先鋒はジャン・マケであったわけだが、すでに見たように、ファルドゥーリス＝ラグランジュもまた（そして『三等列車』というこの雑誌自体のコンセプトもまた）、シュルレアリスムに対して、距離を置くものであった。
もう一度繰り返すなら、一口に言って、ファルドゥーリス＝ラグランジュは、シュルレアリスムに対して、その本来の発想に対して深いところで共鳴を覚えながら、その作品やその運動がもたらす現象に対してはある種の違和を表明し続けた（それは彼がジョルジュ・バタイユと親しかったことを考えてもごく自然に納得できることだと言っていいだろう）。それは、ごく卑近なレベルでは、〈法王〉ブルトンの党派的な振る舞いへの違和であったり（ファルドゥーリスは『三等列車』第一号に、「ブルトンはどこかで広々とした家を、その家の中では自分が異論を受けることのないパトロン、自らの臣下に対して〈兄のように〉振る舞うパトロンとなれるような、そんな家を夢見ている」(11)と書いている）、ヘーゲル哲学の理解が間違っている、あるいは浅い、ということであったりする（「ヘーゲルの思想については、シュルレアリスムはそのテクストの好きなところを適当につまんでくるだけで満足している」(12)）。

根本的な相違

しかし、より根本的なレベルで、そもそもファルドゥーリス＝ラグランジュの文学が拠って立つところは、初めからシュルレアリスムの思想とは相いれないものでもあったとも考えられる。というのも、無意識の領域に可能性を見出し、その開拓のためにいわば「複数性の遊戯」とでも言えるものに基盤を置くシュルレアリスム（実際、後で見るように、ファルドゥーリスは自動記述《エクリチュール・オートマティック》とシュルレアリスムをほぼ同一視していた）に対して、(13)ファルドゥーリスはむしろ自分を超える「超越性」をひたすら希求することにその詩的実践を賭けていたからだ。その超越性とは、具体的に言えば「神話」である。「超越性」としての神話への依拠、それがファルドゥーリスをシュルレアリスムから分かつ最も大きなポイントだと言ってよい。ごく大雑把な言い方をすれば、シュルレアリスムにとって、自己（自我）こそが探求すべき謎だった。ファルドゥーリスは自己を超えた超越的な存在を求める。彼にとってそれは神話だった、ということになる。ファルドゥーリスの作品と「神話」との関係については、後の章でもっと詳しく取り上げることになるが、「私」を超えるような言語表現を、ファルドゥーリス＝ラグランジュは、神話の世界につながる「私」の向こうに求めたのだ。シュルレアリスムが無意識や夢の世界に降りていくことで「自我」の探求を行った（そしてその過程で他の〈仲間〉たちとの水平的なつながりの中で創作したり、遊戯をしたりした）のに対して、ファルドゥーリス＝ラグランジュは、自らの起源に向かっていわば垂直に遡ろうとする。ミシェル・ファルドゥーリス＝ラグランジュは、まさにそのような意味において「孤高の詩人」であったと言ってよい。

偶然とオートマティスム

ミシェル・ファルドゥーリス＝ラグランジュの「詩的散文」は、確かに広い意味でシュルレアリスム的と見られてもおかしくはない特徴を示していながら、根底的には違うコンセプトに発し、違う目的地を目指している。

アンヌ・ムニックは簡潔に次のようにまとめている。

『無力への意志』（一九四四）に先立って刊行された『セバスチャン、子ども、そしてオレンジ』（一九四二）は、シュルレアリストたちの関心を引いた。確かにこの作者の詩的散文には、この初期の二作を見る限り、シュルレアリスム的な様相が認められないわけではない。しかしながら、その時点からして、もうすでに、これは自動記述《エクリチュール・オートマティック》などではなく、神話に基盤を置いたある象徴的な行路の中にその一貫性を求めるべきアナロジーの戯れであるように私には思われる(14)。

ここで言われていることは三つある。一つは、少なくとも初期の二作を見るかぎり、ファルドゥーリスの詩的散文は、シュルレアリスム的であると見られる余地があるということ。二つ目は、しかしながら、ファルドゥーリスのこれらの作品は自動記述《エクリチュール・オートマティック》ではないということ。三つ目は、ファルドゥーリスの作品は、一貫して神話に基盤を置くその象徴性にこそ、賭け金が置かれた試みであるということ。このうちの三点目、〈神話〉こそが、ファルドゥーリス＝ラグランジュの文学を語る上で外すことのできない最重要ポイントになるわけだが、その前に二番目を見よう。

自動記述《エクリチュール・オートマティック》にシュルレアリスムのすべてを還元することは実際上できないにしても、そもそもシュルレアリスムにこの定義を与えたのはブルトン自身でもある。

シュルレアリスム。男性名詞。心の純粋な自動現象《オートマティスム》であり、それにもとづいて口述、記述、その他あらゆる方法を用いつつ、思考の実際上の働きを表現しようとくわだてる。理性によって行使されるどんな統制もなく、美学上ないし道徳上のどんな気づかいからもはなれた思考の書きとり。(15)

ファルドゥーリスは、シュルレアリスムの特徴の一つを「自動性」(オートマティスム)だととらえ、シュルレアリスムについて語るときには必ずこれにこだわり続けた。そして、オートマティスムとは、何よりもまずすぐれて「複数性の遊戯」的なものであったことを考えるなら(すでに触れたようにエクリチュール・オートマティックは共同作業だった)、シュルレアリスムを「グループ」による「示威行動」だと見ていた彼にとって、このこだわりは根拠のあるものだ。そして、おそらくファルドゥーリスは、このオートマティスムのゆえに、シュルレアリスムに対して異議を唱えるのである。それは、どういうことか。それを説明するためには、もう一つ、「偶然」(hasard)の概念を合わせて見なければならない。

ファルドゥーリスがシュルレアリスムについて書いている文章も決して読みやすくはないため、明確に断言することは憚られるが、彼はいつも、シュルレアリスム的なオートマティスムを「偶然」の概念へと結びつけている。「偶然」もまたシュルレアリスムの理論と実践にとって、きわめて重要な要素であることは間違いない（それを同一視してよいかどうかは、また別の問題であるとしても）。いずれにせよ、少なくとも一つ言えることは、「オートマティスム」とシュルレアリスム的な「偶然」には、確かに通底するものがあるということである。どちらも無意識の欲望に結びつき、そしてどちらもグループのなかのひそかな一致や符合、つまり「複数性の遊戯」に関わっているからである。

ともあれ、こうして「オートマティスム」と「偶然」を軸に、ファルドゥーリスはシュルレアリスムの価値を測ろうとする。そして、結局のところ、このどちらをも文学の方法としてはあまり高く評価しない、ということになるのだ。だが、ここでもう少しファルドゥーリスのテクストに沿って、とくに「オートマティスム」と「偶然」に注目しながら、その主張を追ってみよう。その際に、もう一つキーワードとなるのが、「超越性」(transcendance) である。すでに言ったように、ファルドゥーリスは、神話という超越性を求めた。オートマティスムと偶然、そして超越性とは、ファルドゥーリスの考えによれば、どのような関係にあるのだろうか。

偶然と主体、外と内

まずは、『三等列車』第一号の巻頭に寄せられた「フィクションの分析」と題されたエッセイから見てみたい。わずか二ページの短文だとはいえ、切り詰められ、凝縮された文章で書かれており、これを理解するだけでもすでに容易ではないのだが、ともかく、わかるところだけでも拾ってみよう。書き出しはこんなふうである。

精神の硬直やゆがみという危機的な時代を迎えて、シュルレアリスムは数年前、改革の旗印を掲げた。〔……〕この冒険の始まりを特徴づけるのは、したがって、リスクを引き受けようという意志であり、存在を絶えず節度の範囲内に引きとどめようとする伝統的な表現形式を超えて、自ら傷付こうとする意志である(16)。

ここには、ファルドゥーリスがシュルレアリスムに一定の評価を与えていることが表れている。その理由は、シュルレアリスムがなによりも人間の精神の探究に乗り出し、そこに新たなパースペクティヴを切り開こうとしているからだ。実際、『三等列車』の第二号に寄せた「暗礁」という、これもまた二ページほどの短いエッセイで、ファルドゥーリスは、プルーストとシュルレアリスムを同列に論じるという興味深い議論を展開しているのだが(「プルーストが半目を開いて見ているもの、形式の氾濫、その混淆、その急激な拡張、シュルレアリスムはそれを大きく見開いた目で凝視しているのだ(17)」)、そこでもポイントになっているのは、プルーストにせよシュルレアリスムにせよ、どちらも人間の精神、内面の探究へと向かう文学であるということだった。
さらに、「私にとっては、たとえわずかでも心理の規則を逃れることは、新たな出口の形を発明することに等しい」という『失われた足跡』のブルトンの言葉を引くファルドゥーリスは、シュルレアリスム的な方法にとって重要なのは、人間の心理に「外的必然性」を接続することだということも正確に見抜いている。ファルドゥーリスの次の言葉は、シュルレアリスムの手法を非常に的確に要約したものだと思うが、これはおそらくそうした認識に基づいてのことだろう。

シュルレアリスムは、偶然が非常に大きな役割を演じる主観的（subjectif）な要素の組み合わせとして表れる。[18]

「偶然」とは、その定義からして外的なものだ。偶然という外的なものと、主観という内的なものとが、ここで結ばれているということになる。その裏打ちとして、ファルドゥーリスは、「偶然とは、人間の無意識のなかに道を切り開く外的必然性の発現形態であろう」[19]というブルトンの有名な言葉を引いている。「無意識のなかに道を切り開く外的必然性」という言い方の中に、内と外との通底があり、これはもちろん有名な「客観的偶然」（hasard objectif）へとつながっているわけだが、ファルドゥーリスが「オートマティスム」の語を使うのは、そのすぐ後である。フアルドゥーリスは言う。「おまけに、エクリチュールにおけるオートマティスムは、個人の社会的境界を破裂させ、個人を自らの素朴さの前に引き出し、トラウマにさらす[20]」。こうして、ファルドゥーリスは、「オートマティスム」と「偶然」をほぼ同じ議論の枠のなかに置く。確かに、突きつめて考えてみれば、「オートマティスム」もまた、その実践においては、「偶然」を呼び寄せるための装置の一つにすぎない。

ファルドゥーリスは、続いて「夢の領域」にも言及し（「夢の領域もやがて人間存在のなかに引き入れられ、共通の基盤をなすだろう[21]」）、シュルレアリスム的企図の確かさを称える。いわく、「決然とした態度が、いま初めて」、人の心の「秘められた奥底」を照らし、「その野望を幻想的なレベルで」明らかにする、と。そして現実に「裂け目」が生じ、その裂け目のなかで、「人間の自由が確立」される、と。そのとき、「主体＝客体という二元論は消滅し、存在は、ますます大きくなるパースペクティヴを手に入れ、崇高な信仰にまで自らを高めるのだ[22]」。おおよそのところをかいつまんで言えば、ほぼこうしたことをファルドゥーリスは最初の二十行ほどを使って述べる。

超越性を求めて

だが、ファルドゥーリスがシュルレアリスムを称えるのはここまでだ。このあとの立論を理解するのは、正直困難なのだが、思い切ってこちらの理解を大づかみに言ってしまえば、シュルレアリスムの「参加のロジック」（logique de participation）をファルドゥーリスは攻撃する。「そのとき、われわれは激しさの低下に立ち会う。安定した満足すべき状況が優先されるのだ」。そうなってしまう理由の一端は、言語そのものの性質にもあるが、しかし、「事物の攻撃性を避けようとし、帝国を築こうとする希望」にもあるのだと、ファルドゥーリスは言う。「ブルトンはどこかで広々とした家を、その家の中では自分が異論を受けることのないパトロン、自らの臣下に対して〈兄のように〉振る舞うパトロンとなれるような、そんな家を夢見ているのだ[23]」と、先ほどすでに引いた言葉が出てくるのはこの件においてである。

「オートマティスムは、魔術とエロティシズムの段階を潜り抜けたあと、限られた狭い状況を告発するということにおいて意味を持つことになる。その狭い状況の中では、存在は絶えず宙吊りにされたままでいなければならないのだ。自動《オートマティック》的な機構を独創性《オリジナリテ》にまで高めるのは、超越性だというのに[24]」。思い切って意味を大づかみにとらえた訳をしてみた。前半部の意味はややわかりにくいが、ここで「超越性」（transcendance）という新たなキーワードが導入されていることに注意しよう。簡単に言ってしまえば、「超越性」こそ、「オートマティスム」に「独創性」（originalité）を付与してくれるというのである。「originalité」とは、今も訳したように普通「オリジナリティー」のことだが、ファルドゥーリスにおいて「オリジン origine」（原初、根源）がきわめて重要なテーマであることを考えれば（そのことは第四章で論じる）、この「originalité」の一語にそのような「原初性」とでも言うべきニュアンスを読み取ることも不可能ではないのではないだろうか。事物の根源へと遡ることを可能にしてくれるもの、存在の原初の状態をわれわれに啓示してくれるものは、確かに超越性にほかならないからである。いずれにせよ、ファルドゥーリスにとって、「超越性」こそが、その到来を待ちわびるべき重要な要素となっていることは間違いない。そして、そのためには「オートマティスム」では足りない、というのが、ここではっきり言われていることだ。

「シュルレアリスムを参加のロジックの中に移し入れたところで、汎神論的な征服をもくろむというその性格は何ら変わらない。〔……〕シュルレアリスムが宿命的に自ら裸になるよう導かれるその瞬間にドラマは死ぬだろう[25]」。難解な言葉遣いだが、ここからは、ブルトンを「法王」とする、その「集団性」が攻撃され始める。「シュルレアリスムは、自らを通じて遊戯を、物質と信仰についての順応主義という遊戯を期限切れさせるには、十分に透明ではない[26]」。もっとはっきり言えば、それは「腐敗」ないし「堕落」（corruption）しているのだ。

今、かりに偶然が無意識のなかでのオペレーションを可能にするとしても、たとえ客観と主観が連帯するとしても、結局のところわれわれは腐敗に立ち会っているのだということに変わりはない。逆説的なことだが、存在の厳格さは、偶然が競い合って解放しようとするオートマティスムのなかで、ぼろぼろと崩れ落ちているのである。／偶然は、したがって、易々と期待に一致する腐敗であり、その期待のなかで、オートマティスムは、超越性を知らぬままにとどまるのである。(27)

簡単に言おう。「偶然は易々と期待に一致する」。つまりわれわれの心のなかの望みがそれをいわば「迎えに行こう」としている以上、偶然は「真の偶然」とはなり得ないのではないか、ということなのである。ここでは、「客観的偶然」がもしかしたら安易にもたれかかっているかもしれない「主観性」が告発されている。そして、そのような偶然もオートマティスムも、ついに「超越性を知らぬままにとどまる」、そうファルドゥーリスは言うのである。繰り返すが、ファルドゥーリスのシュルレアリスムの解釈が偏向しているとか、浅はかだとかいった批判は、当然ありうるだろう。だが、ここで問題なのはそのことではない。ファルドゥーリスは、ここでこれ以上の説明を与えていないので、この理解が完全に正しいと言い切る自信はないが、ファルドゥーリスが求める「超越性」は、シュルレアリスム的なオートマティスムや偶然からは得られない、まさしく「超越的」なものなのではないだろうか。少なくともそうした考えがファルドゥーリスのシュルレアリスムをめぐる文章からは読み取れると思うのである。

やや論旨の追いにくいたどたどしい論述になったが、これからファルドゥーリス＝ラグランジュの詩的実践を追いかけるわれわれにとって、さしあたって確認しておきたかったのは、ファルドゥーリスの言う「超越性」とシュルレアリスム的な「自動性《オートマティスム》」「偶然」「集団性」との対比である。では、その「超越性」を求めるファルドゥーリスの詩的実践とはどんなものなのか。それを語るのは次章以降の主題となるが、その前に、ことのついでにもう一つだけ、シュルレアリスム的オートマティスムと「主体」との関係について、ファルドゥーリスの語るところを見て、この章を終えたい。

オートマティスムと主体

ファルドゥーリス＝ラグランジュは、一九七〇年に『マッタについて』と題した薄い本を刊行している。ピエール・ベルフォンから出たオリジナル版は二百部限定で、マッタの版画が二枚添えられたものだったが、現在では、ファルドゥーリスのテクストだけが収められた二〇〇一年刊行の小さな本が手に入る。

年代的に言えば、『三等列車』から二十年以上の懸隔があるが、芸術や文学をめぐるファルドゥーリスの根本的な考えは生涯を通じてそう変わっていない。この本のなかで、ファルドゥーリスは画家マッタに限定した形ながらも、特に前書き部分では、ある程度一般的な形でシュルレアリスムについての持論を披露している。そこでファルドゥーリスは、「オートマティスム」は主体を手つかずのままに残す、という興味深い見解を書き記している。

オートマティスムの特性、そしてその気前のよい言葉の繰り出しの特性、それは、主体の上を横滑りするだけで、主体を手つかず（intact）のまま残す形で機能する、ということである。間接的な、そして控えめなやり方だ。しかし、言葉はしばしば重たい意味を、その太古《アルカイスム》からの意味を、担うものだ。そのとき、主体にほとんど触れることのないこのやり方は、実は、既に存在していたイメージ同士を結びあわせ、精神的な慣習を形成する。こうして、すでに存在していたものたちは、知識を補完する一部となり、そうすると今度は知識の方が、その一部となったものを使えるようになる。(28)

オートマティスムは「主体」に触れることなく、その上を滑っていくに過ぎない、とファルドゥーリスは言う。それがもしシュルレアリスム的方法についての、ファルドゥーリスの批判だとするならば、先ほどの「超越性」をめぐる議論とこれを接続させて、論理的にほぼこう言いうるのではないか。すなわち、「主体」を手つかずに残したままでは、「超越性」をもたらす契機も訪れない、と。逆に言えば、「主体」に手を触れ、どこまでも「主体」をまさぐっていくことで

「超越性」へと至る、それがファルドゥーリスの自覚的な文学の方法だということになる。しかし、その「主体」とは何だろうか。「主体」は、どんなふうにして「超越性」とつながることができるのだろうか。このことは、本書の第五章で論じることと関わってくる。

もう一つ重要なポイントが、この一節に含まれている。「アルカイスム」(archaïsme)の語である。ギリシア神話や旧約聖書(たとえば初期短篇「ゴリアテ」)の世界へと自らの作品世界をつなげることを、その詩的創造の常套としていたファルドゥーリスの、やはり自覚的な意識をここに見て取ることができるだろう。言葉は「その太古《アルカイスム》からの意味」を持つ。それが「精神的な慣習を形成」しているのだとすれば、ファルドゥーリスの野心は、「主体」を超越するものを希求するために、そのアルカイックなイメージの層を積極的に活用することにあると言えるだろう。なるほど、偶然やオートマティスムは、これでは退けられるほかはない。

だが、偶然やオートマティスム、要するに「ハプニング」的な方法でも、精神のアルカイックな層に触れ、「主体」を不意打ちすることがあるのではないだろうか。なぜ、意識的な方法の方が、ファルドゥーリスにはより尊いものだとされるのだろうか。

これに先立つ箇所で、ファルドゥーリスはこんなことを書いている。「レディメイド」、ダダ、シュルレアリスムについて触れた部分だ。もし、しかじかのオブジェに目をつけ、それらに通常の消費とは違う価値を与え、「孤立化」(se singularisent)させたとしても、すぐにそれらは新たな消費価値をまとい、「それらの孤独は、一般の流れの中に同化し消えていく」というのである。このようなオブジェのなかには、確かにある種の「豊饒さ」、「内在的な繰り返し」が認められないわけではない。しかし、である。

同様に、絶対の探求は、主体と客体との関係のメカニズム、両者の不連続性を消し去り、主体をオートマティスムの道に投げ出すメカニズムの恩恵により続けられることになるだろう。〔しかし、そのとき〕主体は〔……〕客体を薄暗い衝動から切り離して確立する。〔……〕ここでは、主体と客体の間に無限の距離が生まれる。進歩は止まり、何もかもが価値のない休息へと至る。(29)

あえて踏み込んで解釈するならば、ここでファルドゥーリスはこう言っている。主体と客体を無限の距離で遠ざけてはならない、と。たとえそのつながりが「不連続性」でしかないような関係であるとしても。「主体をオートマティスムの道に投げ出す」というのは、少なくともファルドゥーリス的な理解によれば、結局のところ、客体と切り離してしまうことにほかならない。しかも、オートマティスムは「主体を手つかずに残したまま機能する」のである。結局、これでは主体と客体はどちらも切り離されたまま、どちらに対しても根源的な変容は到来しないということになる。根源的でないということは、すなわち、永続的でないということだ。「偶然」や「オートマティスム」のような「ハプニング」を待ち受けるようなやり方は、一過性の、ほんの一瞬の興味を提供するにすぎず、「事件」として興味深いだけで、「作品」としては不十分だというのが、ファルドゥーリスの含むところであるらしい。その続きを、逐語訳にこだわらず、わかりやすいように骨子だけを抜き出して訳す形で引いてみよう。

なるほど確かに、ダダの破壊は結局のところ〈全体性〉に到達することは不可能だったために、シュルレアリスムは偶然という分枝を再び取り上げたのだ、とは言える。そしてシュルレアリスムは〈未知なるもの〉に向かったのだ。〔しかし〕自由の体現としてのこの使命は、おそらく生み出された作品のなかでではなく、その行為、行動そのもののなかで完遂されるべきものではないだろうか。客観的偶然は、出来事に栄誉を授けるものであり〔……〕、すぐにまた新たな差異や複数性が生まれても、それは放置するのである。〔……〕シュルレアリスムはどこまで行くのだろうか。この運動は作品を物質化しようとする。問いかけはいつまでも終わらないことを承知しつつ。一方で、行為は、常にやり直されることを待っている。とある偶然の視覚上のずれによって得られた魔術的な側面がすぐにまた時代遅れになり、作り物になってしまうからである。〔……〕シュルレアリスムは作品を通して、優位に立とうと望んだ。しかし、自らの度外れな過激さと権威に縛られ、作品は不十分なものであるように思われるのである。[30]

シュルレアリスムの本質はその「事件性」(＝出来事性)にある、というファルドゥーリスの指摘は鋭い。事件は一回的なものであって、作品として定着しても、事件そのものの興味深さには劣る。行為としては重要でも、作品としては不十分だという見方は、ある意味ではごく当たり前だとさえ言えるだろう。シュルレアリスムにとっても、自動記述《エクリチュール・オートマティック》や偶然を利用した遊戯は、あくまで遊戯にとどまるのであって、今でも読むに耐えるブルトンのテクストの数々は、それとは違う形で生み出されたものだろう。

しかし、シュルレアリスムと同時代を生きたファルドゥーリスにとって、その「出来事」の数々を目の当たりにしているだけに、いっそう行為と作品との懸隔を強調しないわけにはいかなかったのだろう。作品が作品として自立するためには、「出来事」とのつながりの強い「偶然」や「オートマティスム」といった方法に頼らずに、主体と客体の「不連続」な絆を往復しながら、どこまでも意識的に練り上げる必要がある、そうファルドゥーリスは信じていたのだと言ってよい。

第3章 死者とともに

誰も彼のエクリチュールを解読することはできなかった。だが、嵐の中で、人里離れた小道で、それは輝きを放つものになる。

——『セバスチャン、子ども、そしてオレンジ』[1]

オルフェウスの声を聴く

『セバスチャン、子ども、そしてオレンジ』(一九四二)の第一部は「オルフェウスの徴《しるし》のもとに」(Sous le signe orphique)と題されている。オルフェウスは、一言で言うなら、詩と死の象徴である。

ピエール・グリマルの『ギリシア・ローマ神話事典』を繙けば、そのオルフェウスの項に、「オルフェウスの神話はギリシア神話の中でも最も謎めいた(obscur)、最も象徴に満ちたものの一つ」であり、「その神学体系のまわりには、非常に豊富な、そして大きな意味で秘教的な、文学が存在してきた」とある。[2] オルフェウスの神話が多くの文学のモチーフになってきたというのは、この英雄が詩人であることが大きいに違いない。「オルフェウスは、何よりもまず歌い手である。楽人であり詩人である」[3]。だが、オルフェウスは、ただの詩人ではない。死に強く結びつけられた詩人でもあった。説明するまでもないだろう。その最もよく知られた逸話は、蛇に噛まれて死んだ妻エウリュディケを連れ戻すために冥界に降り立ち、地上に着く寸前で禁を破って背後のエウリュディケを振り返ってしまったために永遠に妻を失ってしまうというものだ。だが、それだけではない。その後、オルフェウスはトラキアの女たちの怒りを買い、殺されて八つ裂きにされるが、その頭（レスボス島に流れ着いたとも、小アジアに流れ着いたとも言われる）は、いつまでも歌うのをやめなかったと言う[4]。オルフェウスは、いわば死してなお詩人だったのだ。

詩と死をまとった神話の英雄オルフェウス。ファルドゥーリス＝ラグランジュのフランスにおける実質的なデビュー作[5]となったこの小説が、「オルフェウスの徴のもとに」始まっていることは、単に偶然では片付けられないほど大きな意義を持つものだと言っていい[6]。ファルドゥーリスの作品にはどれも死の影が色濃くまとわりついているからだ。

この章では、ファルドゥーリスの初期作品、詩的な散文で綴られ、「小説」と銘打たれた『セバスチヤン、子ども、そしてオレンジ』を主に取り上げ、できるだけその文体の肌合いがよく分かるように丁寧に紹介しながら、日常的な世界の中に唐突に噴出する神話的・宇宙論的な世界を検討してみたいと思う。その際、一つの足がかりとして、そこに現れる死のモチーフに注目する。

一見日常的な世界を描きながら、実は「別の世界」へと開かれた重層的なイメージがその底に横たわっていることを、とりあえず「死」に着目することでたどってみたい。

『セバスチヤン、子ども、そしてオレンジ』

季節は夏。母親と子どもが二人。母親の名はウージェニー、子どもの名はバルヌーとセバスチヤンだ。セバスチヤンには知的障害があり、身体的な障害もあるかのように読める記述もある。弟のバルヌーが兄の手助けをしてやるが、バルヌー自身も不具でないとは、作品の言葉からは、断言できない。母と子の家族三人は、旅に出かける支度をしている。

夏がやってきて旅の支度に混ざり合った。モグラの形をしてアスファルトの上を駆けた。洗濯物の包みの上を染み出るように漂い、そして宵になると、無秩序な羽ばたきのなかで、獣たちの餌を覆うハエたちを追い散らした。

(S, p. 9)

『セバスチヤン、子ども、そしてオレンジ』(以下、『セバスチヤン』と略す)は、こんなふうに始まる。

ここには、ごく日常的な風景(洗濯物、ハエ)と幻想的とも言える詩想が混在している。それが、ファルドゥーリスのまずひとつの特徴である。だがその幻想が甘い華やかなものでないのと同じように、その日常も上品な日常ではなく、こう言ってよければ、どこか薄汚れた感じのする、陰鬱さが漂ってくるような呵責のない日常である。

バルヌーは窓辺のシャツがはためいているのを通りから見ていた。シャツは腕が空中に投げ出されたり、洗濯ロープに巻き付いたりしていた。湿気が家の中を満たし、母と兄の顔を鎮めてくれる時間だった。一日中彼らは洗濯をした。不具は笑い、自分の手を見せる。そしてその手を泡がこぼれている洗濯水の中に浸ける。だが彼は体が痛い。狂ったシャツが絶えず彼の体を打ちつけるからだ。彼は自分自身でそれをかけることにこだわった。窓に身を乗り出して。重い頭で。その間、母親が上着を持って彼を支えてやっていた。彼は怖がらせたかったのだ。輝きのないまなざしを虚空に投げかけて。

(S, p. 9)

どこか不穏で、異様な迫力を感じさせるが、ここだけを読めば何でもない現実の光景のようにも見える。ミシェル・カルージュが言うように、「ファルドゥーリス＝ラグランジュの特異な宇宙は〔……〕最も『卑俗な』現実から出発する」[7]のである。これは『セバスチヤン』でも、序章で触れた『大いなる外的客体』の書き出しでも同じだ。だが、あくまで「現実から出発する」だけであって、ファルドゥーリスの日常は、その後ろに別の世界を二重写しのように張りつかせていることを急いで付け加えておかなければならない。人物たちは、いわば「この世」で行動しながら、別の世界とつながっているのである。これに続くすぐあとの数段落を読んでみると、そのことがよくわかる。そこでは、「男は通りと湿った土手の重さを支え」、「植物園は巨大な視神経のすぐそばに接ぎ木されて」おり、「酔っぱらった猫」が「自分の強さの毒を帯びた矢に貫かれ固定されている」。「その叫びがたった一度だけ血の海の中で飛び出」せば、「古代の歌が生まれる（le chant antique est né）」（S, p. 10）。

「古代の歌」という表現が大きな時間の遡行を示唆していることに注意しながら、まずはここにある日常と幻想の混淆に目を向けておこう。日常の裏からすぐに幻想の世界が噴出してくる、いや日常は幻想と同居している、それがファルドゥーリスの世界である。

日常の中のコスモゴニー

先述のカルージュは、『セバスチヤン』と『大いなる外的客体』を指して、「この二つの幻想的（fantastiques）な『旅』[8]」と形容している。だが、単に幻想的だと言っただけでは、むろん十分ではない。ファルドゥーリス＝ラグランジュの作品は「幻想小説」なのではない。そこにはある明確な「観念」（Idée）があり、難解な言葉遣いの裏にある純粋な思索によってその作品は支えられているのだ。カルージュの（別の文脈で使われた）卓抜な表現をここで借りれば、「このお祭り騒ぎにはそれ固有のロジックがある。この狂気にはそれ固有の正気がある(9)」と言えるだろう。その意味ではこれを「哲学小説」と呼ぶことは可能かもしれないが、ファルドゥーリスならば、その哲学をこそ「詩」と呼ぶだろう。ではその「観念」、ファルドゥーリス流の哲学とは何なのか。彼が書くことを通じて近づこうとしている世界を垣間見るために、もう少し続けて読んでみよう。

バルヌーの兄、セバスチヤンもまた通りの子である。孤独が彼の胸の空洞の中で警戒を倍加する。彼は耳をすませて聴く。人間の感覚を決して覆いつくすことのできない圧縮と開闢の最初のうなりを。〔……〕彼は植物と鉱物とそして動物の支配の最後の突端である。彼は始まりであることを誇りに思っている。バルヌーは彼の手をとり散歩する。彼の隣にいると、駆け引きとしかめつらの遊戯の中で、時の壊れた糸をつかむのが難しくなる。一歩ごとに、人は星雲の亡骸《なきがら》にぶつかる。

(S, p. 10)

ここに見えるのは宇宙発生論的《コスモゴニック》な世界観である。「圧縮」（condensation）と「開闢」（genèse）は宇宙の始まりを想起させるし、一歩進むごとに、「星雲の亡骸」（la dépouille mortelle des nébuleuses）が転がっているのだ。ファルドゥーリスの「日常」は、こうして古代とつながるばかりでなく、宇宙の開闢をその裏に張りつかせている。「宇宙発生論《コスモゴニー》は、ある原始的な意識の中で展開される」（S, p. 96）と、もっと先でファルドゥーリスは書いている。こう言ってよければ、ファルドゥーリス＝ラグランジュにあっては、世界はその都度発生しているのだ。「植物と鉱物とそして動物の支配の最後の突端である」セバスチヤンは、まさに「始まり」（commencement）であって、世界はここに新たに誕生している。

一九九九年にシャルルヴィル＝メジエール市立図書館で開かれたミシェル・ファルドゥーリス＝ラグランジュ展のカタログの序文でユベール・アッダッドはこう書いている。「書くことは世界を模倣することではなく、作り直すことなのだ(10)」と。ファルドゥーリスの書き方は、「そこにある世界」を描写するのではない。不定形のカオスの中から、言葉によって世界の形が掬い上げられるのだ。だから日常はその都度形を変え、物語の因果はその都度廃棄される。太古と現在は同時に存在し、時間は線条的であることをやめる。「物質の性質は変わりやすい」（S, p. 86）のであり、世界は常に変容にさらされている。宇宙発生論的《コスモゴニック》であるとは、言い換えれば日常が常に死と再生を繰り返しているということだ。そしてもう一つ付け加えるならば、世界の発生の物語とは、すなわち神話にほかならない。

神話としての物語

「自然との調和、そして非時間的なものとの調和は、詩的物語を神話に近づけることになる」[11]と

ジャン＝イヴ・タディエは『詩的物語』の中で書いている。タディエはさらにずっと後のページで、「詩的物語と神話的物語の類縁性は、詩的物語が隠された意味を再生する一つの機械だということを示している。〔……〕詩的物語を読むとは、筋の水平性を拒否し、潜在的な選択関係に置かれた範列——パラディグム——を解釈することなのである」[12]とも言う。タディエが使う「筋の水平性」（l'horizontalité de l'intrigue）という用語は、われわれが今「時間の線条性」と言ったのと同じ性質のものを指していると考えていいだろう。

すでに十五年以上蝋燭は燃えている。蝋の染みが大理石に落ちる。蝶の羽がそこに捕まる。青い大理石の上に。狂人〔＝セバスチヤン〕は蝋燭を消す。すると煙は青くなり、羽の苦悶の上を通り過ぎる。ペリカンが青い妖精劇の中で立ち上がる。季節の草の上で。一匹の毛虫が通りの上でひっくり返っている。風が通り過ぎる。〔……〕／セバスチヤンは自分自身を、自分の震える存在を怖がっていない。彼は両手を降ろし、一方から葡萄の葉を引きちぎり、もう一方をカンガルーの新鮮な鼻面の上に置く。すると彼は悲しくなる。彼は泣く。　（S, pp. 10-11）

ここに一種の無時間性（非時間性）を読み取ることは難しくないだろう。すべての動詞が現在形に置かれているが、まるですっぽりとタイム・ポケットに落ち込んだかのように、奇妙な静謐がこの一連のパッセージを支配している（十五年以上燃えている蝋燭とは一体何だろう）。その静謐な無時間の中で、突然、それまで物語に現れたことのないペリカンやカンガルーが定冠詞つきで登場する。物語の因果も、時間と空間の法則も、ここではまったく軛《くびき》とはならないかのようだ。「この迷宮的なエクリチュールは〔……〕最終的に物語の不可能性を告げているのだ(13)」とヴァンサン・テクセラは言うが、重要なのは「不可能性」が決して否定的な意味ではないことだろう。物語は「筋の水平性」とは違う、きわめて豊かな象徴性の網の目によって織り上げられているのだ。最後の作品『未完成』（一九九二）に書きつけられたファルドゥーリス自身の言葉を借りれば、「結局のところ、テクストはその要素たちをバラバラに分散させ、互いに対立するさまざまな選択肢を出現させる(14)」のである。

実際、ファルドゥーリス＝ラグランジュの言語にあっては、「対立するさまざまな選択肢」と見えるものもまた矛盾なく同居する。夜と昼は共存し、水と火は合一される。謎めいて見えるものは、ただ「見かけ上の対立(15)」（une apparente opposition）のゆえそうであるにすぎない。見えるものと見えないものが、等しく同じ時空に存在し、両者を隔てる壁は存在しない。そして、いつも死の影が作品を覆い、死者と生者の境目さえ消え去ってしまう。ファルドゥーリスの詩的世界では、時間は不可逆的なものではなく、さまざまなレベルの時間・時代が、潜在的に、そして重層的に重なり合っている。そこは古代世界であると同時に現代であり、死者の世界であると同時に生者の世界である。

エリック・ブルドは、ファルドゥーリス＝ラグランジュの古代世界への親和性に注目しながら、こんなふうに言っている。「作品は、驚くべき複雑さをそなえており、時に人を意気阻喪させるほど秘教的だ。そういう作品を彼〔＝ファルドゥーリス〕は執拗な喜びと、物質的な日常世界への軽蔑を込めて追究し続けるのである。だがその作品は、遠いいくつかの声、太古のいくつかの夢とこだましあっている。その作品は、奇妙な謎を言祝ぎ、古代の神々――海の神々や空の神々――の世界を跡付け、聖なる知――不可知《グノーシス》――の襞の中に自らを生み出させようとしているように見える[16]」。

「遠い声」と「太古の夢」、「古代の神々の世界」。これらもまた、ファルドゥーリスの詩的世界の重層性を同様に表していると言えるだろう。目に見える世界や表面的な出来事の因果関係――すなわち物語――が問題なのではない。ファルドゥーリスにあって大事なことは、この世界が何か別の世界、何かしら超越的な存在へとつながっていること、そのつながりを言語の中に刻みつけることなのだ。

失われた「全一性」を求めて

先ほど引用した文の中には、「星雲の亡骸」という表現があるが、この「亡骸」という語もまた、ファルドゥーリスの二重写しの世界を覆う死の影を、的確に予感させるものだろう。やがてある子どもの死によって、この作品にはよりはっきりと死の刻印が押されることになるが、明示的な「死」が物語に導入されなくとも、ファルドゥーリスの言語にはいつも失われたものへの哀惜の念、一種の喪の影が張りついている。それはここではないどこか、これではない何かを志向している。難解なその言葉の群れを追ううちに、われわれはむしろ、今ここで語られている言語の何を信じればいいいのかわからないような気さえしてくる。

ファルドゥーリスにはおそらく、この世界も人間も不完全なものだという根本的な認識がある。「時の壊れた糸をつかむのが難しくなる」とあるが、つまり「時の糸」は「壊れて」しまっているのだ。「人は世界の顔の半分しか見ることができない。もう一方の面は失われている……」(S, p. 83) との吐露があれば、「奇蹟は数世紀のあいだに滅び、消え失せた。だがその花だけが残った」(S, p. 90) との現状認識もある。どちらにせよ、「失われたもう一方の面」や「滅びた奇跡」などからわかるのは、かつて存在したかもしれない「完璧なもの」や「奇蹟的なもの」への憧憬の念だ。

失われた「全一性」「一者」(l'Un)を希求し、「起源」への遡行という不可能な試みに賭けること。それが、ファルドゥーリスの詩的言語を駆動する根本的な動機となっている。むろんそのような「全一性」が現実に歴史的に存在したかどうかはどうでもよい。いやたとえ存在したとしても、それは言語によるわれわれの認識を裏切るものだろう。だからこそ言語によってそこにたどり着こうとするのは、不可能な試みなのである。ファルドゥーリスの言語はそのために通常の情報伝達的な用法を逸脱し、解読は難解をきわめる。事物や人物はことごとく象徴性を帯び、その存在は不可解で、言動は謎めいたものになる。世界がまったく違う相貌を帯びて現れる。調和を欠いたその世界で、原初の調和が希求されるのである。

物質の婚姻は断たれた。出来事の集まりが急いで知覚の方へと向かってくるが、われわれの言語は慣用的なものであり、それをしかるべく受け取るだろう。(S, p. 53)

慣用的(conventionnel)、すなわち規約(convention)に基づくような言語をファルドゥーリスが排することは言うまでもない。彼の言語は、むしろその規約性を暴くためにある。したがって、「物質の婚姻が断たれた」この世界において、「出来事の集まり」を「しかるべく受け取る」ような規約的な言語では、常に不十分で不完全な表現しかなし得ないということになるだろう。ファルドゥーリスにとって「詩」は、ここにはない「全一性」へと向かう意志に支えられた試みなのである。「形態は分裂してしまっていた。だが真実は一体のものでなければならない。〔……〕とらえがたく、電撃的なものでなければ」(S, p. 86)。物質の婚姻が断たれ、形態が分裂したこの世界で、一体の真実、とらえがたく、電撃的なものである真実を希求する声が、ファルドゥーリスの詩の声なのである。

子どもの死

ファルドゥーリス＝ラグランジュの世界で「あらすじ」を追うことはほとんど意味がないが、それでも『セバスチヤン』は、少なくとも途中まではある程度の「物語」を追うことが可能だ。もう少しだけ順を追って読んでみよう。

やがて三人は列車に乗って旅に出る。その列車の中にはオラスという子どもがいる(すなわちタイトルにいう「子ども」l'enfant であろう。ちなみに、オラス Horace というこの名は、ラテン語名として読めば、ホラティウスにあたる)。オラスは扉の錠前をいじって遊んでいたところ、誤って列車から転落してしまう。バルヌーが見ていて「錠前で遊んではいけない」と注意していたところだった。セバスチヤンもまた、その近くにいた。その二人の目の前で事故は起きたことになる。転落に気づいたオラスの母親が叫び、列車は止まる。

扉が不意に開き、風が眼差しを運ぶ。子どもの手は取っ手にしがみつく。衣服は列車内を飛び、不安にさらされている。子どもは最後の力で、自分を巻き添えにし、胸部を叩いてくる邪悪な精霊と闘う。精霊は老いぼれの好奇心をもち、あらゆるものの外部にあり、孤独で、冷たく、衰弱している。子どもは最後の叫びを上げる。手が離れ、彼は嵐の中に消える。／狂人〔＝セバスチヤン〕もまた叫んだ。だが扉はまた自動的に恐ろしい力で閉まり、錯乱の激しい萌芽も押しつぶしてしまった。／〔……〕／オラスの母は狂人を指さし、恐怖にとらわれて、叫んだ。何度も。／〔……〕／・・・そしてあふれかえる海はその跳躍を倍加させ、狂人はその海を溝へと導いた。その巨大な重みは囚われの身となった。――列車は軋みを上げ、止まった。／・・・乗客たちはこの停止の理由をお互いに尋ね合っていた。地上の原初的静謐のごく近くで。

(S, pp. 36-39)

不慮の事故によるオラスの死は、これ以後もこの作品の基底をずっと流れていくことになる。だが物語としては、ここから当然のように予想される現実的で常識的なとでも呼ぶべき展開をたどるわけではない。列車は止まり、母親は列車を降りて、「制服を着た人たち」とともに、列車が走ってきた後方へと走り出すが、それすらも「乗客たちの無関心を揺るがすことはな」く (S, p. 41)、果たしてオラスの遺体が見つかったのかどうかさえ、定かではない。
章が変わると、何事もなかったかのように母ウージェニーとセバスチャン、バルヌーは列車の旅を続け、やがて山岳地帯にたどり着く（ここではシストロンとレ・ゾメルグという実在する明確な地名が与えられている）[17]。そこにはウージェニーの妹マリーがいて、マリーとセバスチャン、バルヌーたちの山登りや小屋での滞在が語られていくが、「あらすじ」として物語を追えるのは、ほぼここまでである。このあとは観念的な叙述がテクストを覆っていき、もはや想念と現実との境界も不明になる。オラスの母がどうなったのかはわからないが、しかしオラスという子どもは最後まで決して忘れ去られることはない。マリーたちとの山の町での生活が続く中でも、オラスの影は時おり亡霊のようによみがえり、彼らのそばを離れないからだ。

どうして彼、バルヌーは、オラスを落ちるがままにさせてしまったのか。〔……〕だが出来事は事故の痕跡の上をたどっていくのだ。そのたっぷりとした重みと、そう進むしかない必然性によって自然に生み出される痕跡の上を。（S, p. 68）

すぐ後でもう少し詳しく見るが、ここには、そうなるほかなかったのだ、という一種の宿命のようなものとしてこの子どもの死が描き出されていることがはっきりと見てとれる。バルヌーはこうしてオラスの死にとらわれ続けるのだが（「バルヌーはオラスの顔を永久に避けることができたと思った、あの最初の経験から〔……〕ついに解放されるのだと信じた」S, p. 90）、山の町に住む奔馬性肺結核を病む小さな娘も、なぜかそうである。

彼女は自分を最後には押しつぶそうとする巨大な重みとまだ闘いたがっている。〔……〕だがその巨大さはちっぽけな少女を谷底に投げ落とす。オラスにとって、諸要素は屈したのだった。扉は開いたのだった。だがここでは、諸要素の抵抗は定期的にもどってくる。尊大に、形態の方程式を破壊しに。

〔……〕

少女はあの列車から落ちた少年をあまりにも欲したので、自分の上に彼を受け止めたのだ。

（S, pp. 96-97）

だが、バルヌーのようにとらわれるのでも、少女のようにあこがれるのでもなく、むしろ死者と親しいものとして、いわば同類であるかのように死者オラスに結びついているのは、「狂人」のセバスチヤンである。そのことは、オラスの死のすぐ後からすでに記されている。この作品には、いかなる語りの審級に属するのかは不明な、イタリックで記されたパッセージが——数十行、時には数ページにわたって――あるが、注意深く読めば、少なくともそのいくつかの箇所は、どうやらセバスチヤンに寄り添うものであるらしいことがわかる。以下は、そんなイタリックで記された一節である。

> セバスチヤンは境界を越えた。彼は子どもの手をとった。彼らは互いに相手に対して情熱を持っている。〔……〕
> 落下は激しかった。体が二度三度地面の上で跳ねた。
> 〔……〕
> 子どもにとってあの落下が必要だったのだ。彼がセバスチヤンのもとに来るために、そして彼に感謝を示すために。
> (S, pp. 45-46)

母ウージェニーは、セバスチヤンがオラスと強く結びつき、オラスとともに「行って」しまおうとしていることを見抜いているが(「『子どもは一人で落ちたのね〔……〕彼を見張っていなさい。行ってしまうかもしれないから』と彼女は言った」S, pp. 48-49)、その直感は正しい。やがて物語の終幕部において、ついに「狂人」(=セバスチヤン)は、オラスの影を追って再び列車の車両(幻想の?)に乗り込むに至るからだ。同じくイタリックで記された箇所に、こうある。

「狂人は、オラスの後を追って、ワゴンの廊下へと再び身を躍らせた」(S, p. 110)。

列車から落ちた少年を受け止めた奔馬性肺結核を病む少女にせよ、再びワゴンに乗り込むこのセバスチヤンにせよ、ここには死者と生者の世界の境目のない交感がある。あるいは物語の不可逆的な時間さえ無効になる「宇宙的な先取りの眼(prévoyance cosmique)」(S, p. 110)が働いている。

> ただ一人分解と腐敗へと向かうオラスは〔……〕今では処女たちの巨大な腰に燃え上がる松明のように張りついている。処女たちはその重みの中に幾年にも、またいくつかの宿命にもわたる非論理性を閉じ込めている
> (S, p. 113)

その重みの中に「非論理性」を閉じ込めている処女たち、そして、その腰で燃え上がり、かつ分解と腐敗へ向かう死んだ子どもオラス。「宇宙的な先取りの眼」の中で、彼らは生者の世界と決して切り離されてはいない。

死者の世界と生者の世界

「宇宙的な先取りの眼」と言ったが、そもそも列車事故の起きたときから、ファルドゥーリスは、

現実描写と幻視を綯い交ぜにしたようなその荘厳な行文の中で、この子どもの死を、宇宙的な一種の宿命として描き出そうとしている。

> 今や人間の使命は終わった。彼は完全に敗北したのだ。彼はもう機械を止めることはできない。なぜならその機械はある不器用な意図から発したのであるし、子どもの体を運ぶ木馬たちに属しているからだ。たとえ母親が子どもの手をつかみ、扉の取っ手を固定することができていたとしても、やはり物事はそうなるほかなく進んだだろう。バルヌー、子ども、すべての人間は囚われの身だったのだ。小石の落下は雷鳴を引き起こす。世界はあまりに小さすぎて、オラスの身体を含むことができない。
>
> （S, p. 42. 傍点引用者）

「すべての人間は囚われの身」であるという認識の中に、世界を前にした人間の無力がはっきりと記されている。だからこそ子どもの死は宇宙的な一種の宿命となる。

ファルドゥーリスの世界では、ギリシア悲劇の主人公のように、人間は一貫して無力である。いや、たとえばオイディプスのようなギリシア悲劇の主人公ならば、まだ運命に逆らって抵抗する意志を持っているが、ファルドゥーリスの世界はむしろ「無力への意志」（volonté d'impuissance）さえ帯びている。[18]「世界はあまりに小さすぎて、オラスの身体を含むことができない」（Le monde est trop petit pour contenir le corps d'Horace）とは謎めいた文言だが、ここに宿命が表現されていることははっきりしている。結局、オラスは「あの世」に旅立つしかない子どもだったのだ。だが、それはどういうことだろうか。ここで、子どもは、まるで「あの世」へと差し出された供犠のようなもの、「あの世」と「この世」を結ぶ橋掛かりのように見える。

その意味で、もう一つここで注目されるのは、この直後にオルフェウスとエウリュディケの名が現れることだ。

> 通り抜けなければならないトンネルがある。石は、オルフェウスの視線の下で屈するだろう。だが闇はそこに残り続けるだろう。闇はオルフェウスより強いのだ。その共犯を得て蛇はまたしてもエウリュディケの上を這っている。列車もまた調和に抗して投げかけられたシンボルなのだ。オラスはそれを遠ざけたいが、彼の手は弱すぎ、音楽の場所を知らない。
>
> （S, p. 42）

オルフェウスとエウリュディケ。この二つの名は、すでにこの引用箇所以前にも一度出てくることがあるのだが（「オルフェウスは絶対的なるものを、不変なるものを、完璧なるものを歌う。〔……〕観念の渦は〔……〕エウリュディケの傷の中にある」S, p. 28）、言うまでもなく冥界、すなわち死者の世界へと結びついているものだ。しかし、単に死者の世界というだけでは正確ではない。オルフェウスという存在は、より正確には、生きている者たちと死者の世界との往還、その二つの世界が決定的に切り離されたものでありながら、なおかつ通底しているという事態を象徴するものというべきではないだろうか。

オルフェウスは冥界に降り、妻エウリュディケを伴って帰ってこようとするが、地上にたどり着くまで後ろを振り向くなという禁を破ったために、エウリュディケを永遠に失う。本章の書き出しでも触れたあまりにも有名なこのギリシア神話の挿話を、ここであらためて確認するまでもないだろう。だが、この挿話が単純に意味するものは何だろう。死んだ者は蘇らない。死者の世界と生者の世界は厳格に別のものだ。そのことを、この神話は確かに浮き彫りにしている。しかし、それと同時に、われわれの生きるこの世界が、どうしようもなく死んだ者たちの影に取り巻かれていることをも、裏返しに示しているのではないだろうか。「助かった者たちと溺れた者たちは、互いに両端から引っ張り合い、彼らの鎖を強固にしていたのだ[19]」と、ファルドゥーリスは短篇「テオルボと鈴」で書いている。

「世界はあまりに小さすぎて、オラスの身体を含むことができない」という表現は、「この世界」とは別の世界があることを示唆しているようにも読める。オラスを含むことができないほど小さいこの世界、不完全なこの世界は、だがオラスを通じて、私たちを慰撫するような、別の時空へとつながっているのである。

死者との関係――『ベノーニの時に』

生者たちを包む死者の影というモチーフを明らかにしたところで、ここで別の作品を呼び出してみよう。

「死者」を明示的にテーマとしたファルドゥーリスのほかの作品に、『ベノーニの時に』（一九五八）がある。子どもの頃、友達を病気で失ったというミシェル・ファルドゥーリスの実際の体験に基づいたものだが、実質七十ページにも満たないこの短い物語にも、死が私たちの世界の中心にあることが示唆されている。私たちは死を追いかけ、見守り、ともに進む。この物語において、それはまさに具体的にそうなのである。それはどういうことか。

この物語は、特に章番号や章タイトルは振られていないが、ページを改めることで区切られた四つのパートからなっている。初めはいわば「出会い」のパートで、語り手の「僕」を含む級友のグループの前に、ある日突然ベノーニが自転車に乗って現れる。初めは「仮想敵」のようなものとして、ベノーニが現れると「僕たち」は道を塞ごうとするが（« lui barrer la route chaque fois qu'il passait », B, p. 15）、ベノーニはそのたびに巧みにかわして逃げ（« il réussissait toujours à nous échapper », B, p. 15）、「僕たち」は追いかける（« nous poursuivions », B, p. 14 ; « la course derrière lui », B, p. 15 ; « courir derrière Benoni », B, p. 17)。

二つ目のパートでは、「僕たち」はベノーニと映画館で出会う（« nous rencontrâmes une autre fois Benoni, au cinéma », B, p. 29)。映画館にいる謎の「男」の影が、僕たちを不安にさせる（« la déformation que nous prêtons à ce personnage nous inquiète aussi », B, p. 37)。「僕たち」はベノーニと言葉を交わすこともないまま、しかし、映画館から出るとき、ベノーニを家まで「エスコート」してやる（« Nous escortâmes Benoni jusqu'à chez lui », B, p. 40)。

第三パートで、「僕たち」はベノーニが命に関わる重い病に倒れたことを知る（« nous avons alors appris qu'il était gravement atteint par la maladie », B. p. 44)。「僕たち」はベノーニの家の下まで行って、部屋まで上がっていくことも、呼び鈴を押すこともなく、光を放つ窓の下で、ただそのまわりをめぐる（« nous promener sous ses fenêtres, sans oser monter et sonner à la porte », B, p. 44)。

第四パートは、ベノーニの死後である。「僕たち」はベノーニの遺体を運ぶ葬列について、再びベノーニを「エスコート」し、墓地まで伴ってゆく（« pour escorter le corps de Benoni jusqu'au cimetière », B, p. 57)。

ここで起きていることをきわめて簡単に要約すると、こういうことになる。まずはベノーニを追いかけ（第一パート）、やがてエスコートし（第二パート）、窓の下をめぐりながらただ見守り（第三パート）、そして遺体を囲んでついてゆく（第四パート）。まるでベノーニが生きているときも死んでしまった後も、同じ一つのことしかしていないかのようではないか。つまり「僕たち」はベノーニと直接的な「交流」をすることなく、ただ取り囲んだり、追いかけたりしているだけのように見えるのだ。ベノーニの発する言葉や、ベノーニと「僕たち」の直接の交流は――不思議なことに――作中で一切描かれていない。

ここには、ベノーニという「死」を中心に、それに直接触れることなく、だがそれを忘れることもなく、常にそっと寄り添うという関係が描かれている。とりわけ、ベノーニが病に伏している第三パートの、「僕たち」がベノーニの窓の明かりを見つめ、ただあれこれ想像するというシーンにそれは顕著である。「僕たちはもう決して窓から目をそらさないことを決意した。そして、そのようにして僕たちの目は、この時、苦しみに満ちた凝視というものを知ったのである」(B, p. 44)。

ファルドゥーリス=ラグランジュの作品において、私たちの世界はいつも死者たちの世界の影に取り巻かれているが、ここでは、死の世界が私たちに「取り憑いている」というよりも、むしろ、私たちこそが死の世界に寄り添おうとしているかのようだ。それはむろん亡くなった友ベノーニを悼むというこの作品の性格によるものでもあるだろうが、単純にそれだけではない。というのも、むしろ死こそが完全で普遍的であり、私たちのこの世界が不完全で欠陥に満ちたものだという認識――言いすぎを承知でもっと強く言ってしまえば、死の世界への憧れのようなもの

——さえ、時に読みとれるからである。

> 彼はおそらく、一瞬一瞬のただ中で、さまざまな出発を、それも可能なあらゆる方向への出発を遂行していたのだ。死んでしまった者の普遍性が目的をめがけてはっきりと描き出されているにもかかわらず、そして僕たちが彼の最後の住処にまでついて行っているにもかかわらず、僕たちはもとに戻りたいという欲望をも露わにしていた。僕たちは同時に、存在することへのあらゆる意志に対する僕たちのためらい、僕たちの拒否を表明していた。
>
> (B, p. 65. 傍点引用者)

「存在することへの〔……〕拒否」(notre refus à l'égard de toute volonté d'être) とは、単に友を失った悲しみから来る一時的な厭世観のようなものではない。ここで言われているのはもっと普遍的で根源的なことだ。それは、私たちの存在する世界が不完全で不十分なものであるという、一種「哲学的」な認識なのだ。これを単に「死にたい」という子どもじみた単純な願望のようなものと受け取ってはならない。私たちの世界が常にすでに失ってしまった「起源」、「全一性」への不可能な回帰の欲求(「もとに戻りたいという欲望」« un désir de retourner en arrière »)が、友を悼むために書かれたこの小さな物語にも埋め込まれているということなのである。

「一にして全なるもの」

とはいえ、もちろん「死者の世界」が、ファルドゥーリスの志向する超越的世界の完全な具現化だというわけではない。これまでしばらくファルドゥーリス作品における死者と生者のかかわりについて検討してきたが、それは何も「死者の世界」が理想の世界であると主張するためでも、そこへ向かうことが作品の趣旨だと説くためでもない。ただ、存在する者と存在しない者とが通底するファルドゥーリスの世界をきわめてわかりやすく象徴するものとして、死者とのかかわりをとっかかりにしてみたに過ぎない。結局のところ、突き詰めて言えば、ファルドゥーリス＝ラグランジュの詩的言語を支えているのは、何かこの世界を超えた「より大きなもの」――一言で名づけるなら「超越的なもの」――につながろうとする意志である。

第二章で見たように、ファルドゥーリスのシュルレアリスム論では、「超越」が一つのキーワードになっていた。ファルドゥーリスの言語はある「超越」を目指す。その作品が描く日常は、バルザックやフローベールのような写実主義的な「現実」ではなく、何か超越的な世界と結びついた日常である。ただし、繰り返しになるが、その「別の世界」が死者の世界だと、ここで言いたいわけではない。むしろ究極的には、すべてが一つにつながっている世界、「一にして全である」ような汎神論的な世界観が、ファルドゥーリスの哲学の根底には内蔵されている、ということを言おうとしているのである。だから、そうした世界では、ふつう対立としてとらえられるもの――火と水、可視と不可視、等々――も、矛盾なく同居する。

この汎神論的な世界観が、たとえば「l'Un」（「一なるもの」、「一者」）という術語として時おりふっとファルドゥーリスの作品に現れて、そのような哲学的概念に不案内な読者を混乱させる。「l'Un」という術語が現れない場合でも、基本的にファルドゥーリスのテクストの根本にこのような、ある意味哲学的にテクニカルな思想があるということを知っておかないと、難解なテクストがますます難解になる。

「一者」とは、プラトンやプロティノスの哲学において世界の根源をなす最高の原理をいう、とまずは説明されるだろう。だが、ファルドゥーリスの出自から考えて、ギリシア哲学との類縁が注目されるのは当然であるとしても（また、ファルドゥーリスが古代ギリシア哲学に精通していたことも間違いないとしても）、われわれにとって今ここで、ファルドゥーリスの思想を、少なくとも大づかみにつかむためには、新プラトン派の創始者とされるプロティノス哲学の厳密な解釈にはまり込むまでもないだろう。むしろ直接的にはヘルダーリンのようなドイツ・ロマン主義の影響をファルドゥーリスが強く受けていたことを考えた方が近道ではないかと思う。ファルドゥーリスはドイツ・ロマン主義に親しんでいただけでなく、それを高く評価していた。[20] もちろんヘルダーリンもまた、古代ギリシアの哲学世界への憧憬を背景に、汎神論的志向を作品に表現した詩人なのだから、結局は古代ギリシア哲学へとつながるのだが、ともあれ、第一義的には、たとえば「一にして全なるもの」を求めたヘルダーリンのヒュペーリオンにこそ、ファルドゥーリスの詩的実践はより直接につながっていると言える。

ヘルダーリンを通って

ヘルダーリンの作『ヒュペーリオン』から、この作品の基本的な構想を感じさせる一節を引いてみよう。

> いっさいとひとつであること、これこそは神の生、これこそは人間の天だ。〔……〕／生きとし生けるものとひとつであること！　このことばとともに、道徳は怒りに燃える鎧をぬぎ、人間の精神は王笏を捨て、すべての思想は、永遠に一なる世界の像を前にして消え去る。〔……〕全存在の結びつきのなかから死が姿を消し、分かちがたさと永遠の青春が世界に至福をもたらし、うつくしくする。[21]
>
> （傍点引用者）

ここでは「一にして全」という汎神論的な思想が高らかに語られている。「いっさいとひとつ」になり、世界は「永遠に一なる」ものであり、「死〔は〕姿を消」す。だが、主人公ヒュペーリオンはいつもそのような状態にいられるというわけではない。むしろこれは理想なのだ。

ぼくはしばしばこのような高みに立つのだ。〔……〕けれども、一瞬、意識がもどると投げ落とされている。〔……〕現世のあらゆる苦しみを負って以前とすこしも変わらない孤独な自分を見出す。こころの避難所である永遠に一なる世界は去り、自然は腕をとざす。ぼくはよそ者のように自然の前に立ち、自然を理解することができない。(22)

このように「永遠に一なる世界」を求めてはそれがかなえられないヒュペーリオンの魂の彷徨こそが、このヘルダーリンの作品の基本的な構想をなしているのだが、それは、ファルドゥーリス＝ラグランジュの詩的実践と確かに重なっているのである。ファルドゥーリスは、エリック・ブルドとの対話の中で、「ヘルダーリンの謎」について、こんな言葉を残している。

ヘルダーリンの謎の鍵を、私はあの、引き裂かれた悲しみの果てにもはや空間と時間しかなくなってしまうあのテクストに見るのです。〔……〕何が時間と空間の感性を生み出すのでしょうか。それは先験的な形式です。しかしそこに何かそれ以上のものがあります。考えるということ、それは、私が思うに、これらの純粋なカテゴリーの敷居に身を置くということです。(23)

「引き裂かれた悲しみの果てにもはや空間と時間しかなくなってしまうあのテクスト」とは何か、この対談の中ではっきりと名指されているわけではないが、アンヌ・ムニックも推定するように[24]、おそらくそれは『ヒュペーリオン』を指すのにちがいない。「そのようなとき、ぼくは『おお、太陽よ、おお、おまえたちそよ風よ』と呼びかけた。『おまえたちといるときだけ、ぼくのこころは兄弟にかこまれているように生き生きする』[25]」というヒュペーリオンの呼びかけが、自己をも滅し去って「いっさいとひとつ」になり、「もはや空間と時間しか」存在しない世界に呼応していることはほぼ間違いないからだ。

ところで、このヒュペーリオンの呼びかけは、むしろ嘆きにほかならない。少なくとも嘆きの果てにたどり着いた感懐にほかならない。愛する美しい恋人を失って(「ぼくのディオティーマは、うつくしい死を遂げた[26]」)、「社会との関係を断ってふたたび自然のふところへと帰って行く」(『ヒュペーリオン』訳者解説の言葉[27])のがこの作品の物語としての骨格であるなら、この終幕部分には、死者と生者の世界をも含みこんだ合一がある。「もはや空間と時間しかない」というこの空間と時間は、「生きとし生けるもの」ばかりでなく、死者をも含みこんだ時空と考えなければならないのだ。「一にして全なるもの」とは、まさにそのようなものであるはずだろう。現にヒュペーリオンは言う。

ディオティーマ、わたしたちも別れているのではありません。あなたを嘆く涙にはそれが理解できないのですが、生き生きとした調べであるわたしたちは、自然よ、あなたの調音に和していきます。誰があなたの調音を破れるでしょう。誰が愛しあう者たちを分かつことができましょう。――/おお、魂よ、魂よ、世界の美よ〔……〕いったい死がなんだろう。そして人間の悲しみがなんだろう。[28]

（傍点引用者）

こうして、「一にして全なるもの」という汎神論的世界観は（原理的に考えれば当然のことながら）、死者の世界をも含みこんだものとなる。ファルドゥーリスの描く世界が、常に死者とともにあるのは、もちろん死者の世界を理想郷とするわけではなく、それすらも含みこんだ「より大きな」合一した世界を描き出すためだ、そう考えた方がよいのではないだろうか。[29]

失われた合一を求めて

すべてが一つになった世界。そうした詩想をファルドゥーリスの中に見いだすのは難しくない。「自然の懐のただ中で、狂人と彼は一つ（un）になっていた。狂人と彼と獣たちも、狂人と彼と木々たちも……」（S, p. 48）。ここで狂人とはむろんセバスチヤン、彼とはバルヌーのことである。

そしてむろん、こうした世界の中では、一見正反対と見えるものも決して矛盾せず、むしろ結合し、一体のものとなる。『セバスチヤン』には、「水と炎の婚姻を望む者たち」(S, p. 46)へのセバスチヤンの感謝の念が語られていたが、昼と夜、光と闇のような対立するものも境目なく結びつくのがファルドゥーリスの作品世界である。「おお！　水と火の結合の頂を私が飛ぶことが叶うなら。〔……〕おお！　謎よ。私は水と火の夢幻境への帰属を一度も否定したことはない」(『メデイアの弁明』[30])、「昼は夜に貼り付けられていた。われわれが解こうとする謎は、見かけ上の対立によって支配されているに過ぎないのだ」(「山人たちはそこにいる」[31])。「光も闇も、同じ沈黙を表現している」(「ゴリアテ」[32])。

『ベノーニの時に』で、語り手は、病に倒れたベノーニの部屋の窓を見上げながら、「時おり、事物はすでに遠く過ぎ去り、夜に代わって真昼が僕たちのうちを支配していた」(B, p. 47)と書くが、夜と真昼を分かつような事物のうわべが取り払われてしまえば、「同じ通り、同じ建物を、僕たちは違う様相をまとったものとして見る」(B, p. 47)のは当然のこととなる。次章で詳しく見るつもりだが、見かけの世界を取り払った「事物の最奥の核心」へと迫ることは、ファルドゥーリスの詩的言語の大きなモチーフとなっている。言うまでもないが、今ここで「一にして全なる」汎神論的な世界観と言ったり、死者の世界と通底した世界と言ったり、「事物の最奥の核心」に迫ると言ったりするのは、すべて結局は同じことを、さまざまに言い換えたものに過ぎない。

夜と昼、水と炎、空と大地、可視と不可視といった対立するものを一つに結び合わせるかのような「婚姻の詩学」についてはもちろん、今見たヘルダーリン＝ヒュペーリオンの思想の中で、この世を不完全なものとみなす思想もまたファルドゥーリスと共通するものであることを思い起こしておこう。合一は、強く望まれてはいるが叶えられない。「一にして全なる」世界は、常にすでに失われている。われわれはそのような合一の不可能な世界に住んでいるのである。それはわれわれが「見かけ上の対立」を拭い去ることができないからであり、「真っ暗な光明（l'obscure clarté）の中では、なにものも確実ではないように見える(33)」からである。

そうした「合一」が、古代には実現していたというわけではなかろうが、しかしドイツ・ロマン派の詩人たちが、ヘルダーリンにせよノヴァーリスにせよ、そうした失われた世界への希求を古代世界への郷愁に置き換えて語っていたのは事実である。ファルドゥーリスもまた、自らの出自であるギリシアの神話を中心として、古代世界のモチーフを積極的に作品の中に導入する。だが、ファルドゥーリスは古代世界や神話の世界を登場人物たちが憧れる郷愁の対象として作品に持ち込むのではない。作中人物たちのいわば「日常」と境目なく接続される神話世界は、何か超越的な別の次元を作品の中に持ち込む役割を果たしている。ファルドゥーリスのエクリチュールの根底には、この世界を超越した「起源」への遡行の欲求がある。この永久に失われてしまっている「起源」、そしてそれを前にした人間の「無力」、ファルドゥーリスの文学的営為を駆動させているこうしたモチーフをもう少し辿ってみるために、次章では、『セバスチヤン』とほぼ同じ時期に書かれた二つの初期長篇『無力への意志』と『大いなる外的客体』を取り上げることにしたい。

第4章 無力な者たちの闘い

その原初の形態の秘密を、誰一人思い出すことができなかった。
——『無力への意志』(1)

大切なのは象徴と兄弟のように生きることであり、その運命を甘受することなのだ。
——『大いなる外的客体』(2)

前章では主に『セバスチヤン、子ども、そしてオレンジ』(以下『セバスチヤン』)を題材に、ファルドゥーリス=ラグランジュの作品に流れる死の影を追った。しかし、そこで本当に問題になっていたのは、ありうべき「全一性」(=根源的一者)を前にした、眼前の世界の不完全さや人間の不完全さ、その無力さであったと言うべきだろう。この章では、『セバスチヤン』とほぼ同じ時期に書かれた初期の長篇『無力への意志』と『大いなる外的客体』を通して、「一にして全なるもの」を希求するファルドゥーリス作品における人間の立ち位置を検討することにしよう。

一九四五年に出版されたこの本の結びには、「一九三九－一九四〇　パリ」と執筆年代が記されている。つまり、刊行こそ『セバスチヤン』より後になったが、書かれたのはこの『無力への意志』の方が先である。

一九四三年九月二十九日、当時獄中にあったファルドゥーリス＝ラグランジュは、アルベール・ブランギエへの手紙に、こう書き綴っている。少々長くなるが、当時のファルドゥーリスの心情がよくわかるので、そのまま引用しよう。

> 君のことに関して僕が驚くのは、前からそうだったんだが、君の社会的地位の低さだよ。僕にとってそれは大事なんだ。なぜって、地位があればそれをきっかけにまたほかの支えを探すことができるし、言葉の安易さや、脆い契約なんて、消えてしまうからね。君自身もそれを感じているはずだ。だって君は本当に一人きりなんだから。僕は君がついに社会の中に根を降ろすことができないんじゃないかと心配している。まったくこの僕のようにね。／それに、僕の作品はまさにそこから始まっているんだ（『無力への意志』はこの諦めへの先触れに過ぎなかったんだよ。『セバスチヤン』からそれが始まり、そのあとに『大いなる外的客体』が続くわけだ）。僕は征服したいんだ、征服というこの言葉の真の意味において、僕た

ちの存在を研ぎ澄ます誇り高い、堕落しない考えをね。精神はその苦痛に満ちた同語反復を生きなければならない。どんなふうにしてでも。そしてあらゆる存在が精神に従属するその瞬間から、自らを差別化しなければならない。さもなければ人は軽蔑すべきソルボンヌ野郎になる。過去に手に入れてもう古臭くなっている知識をもてあそぶだけになる。ある日、僕はひらめいたんだ。気にしないで進むべきだと。そして、より正統な象徴を打ち立てるべきだと。君には書いている最中の僕の苦悩が想像できないだろう。時々、僕は自分が書いている擬似現実的な状況に激しく感情を揺さぶられて、ただそれだけで涙を流すこともある。／他者を超えて、よそ者を超えて、敵を超えて、自分を理解してもらうこと、それが僕にはほとんど必要不可欠なんだ。だから僕は幻滅してはいけないんだ。社会が僕にくわえる攻撃に。なぜって、社会は兄弟や、ヒーローや、殉教者があまり好きではないものだからね[3]……。

パリに出てきた当時のファルドゥーリスの「よそ者」としての苦労は、第一章「生涯」ですでに書いた。ブランギエに向けて「君がついに社会の中に根を降ろすことができないんじゃないかと心配している」と書いたすぐ後に「この僕のようにね」と付け加えるファルドゥーリスは、結局のところ自分のことを書いている。社会の中に根を持たない「社会的地位の低さ」、一言で言って「無力」、ここから自分の作品が始まっているのだと宣言しているのだ。この手紙を書いたときに獄中にいた心細さも加わっているだろうが、『無力への意志』や『大いなる外的客体』というタイトルにはそもそも——素朴なまでに——、自分の外部の大きな力に迫害され、無力を感じている彼自身の心情が反映していると言えるのではないだろうか。そしてその心情が、この手紙にはよく表れているように思われるのである。

とはいえ、もちろん、作品としての『無力への意志』の「無力」は、こうしたごく世俗的な、社会生活における弱者という意味だけを指して使われているわけではない。まずはこの作品のタイトルにこだわるところから、これが一体どんなテクストなのか、検討してみることにしよう。

ニーチェにならって

『無力への意志』(*Volonté d'impuissance*)というタイトルは、直接的にはニーチェの死後出版の書物『力への意志』(4)(フランス語で *Volonté de puissance*)のタイトルを裏返したものだ。ただし、この書物のタイトルに限らず、ニーチェにおいて「力への意志」というこの語自体は、すでに一八八三年の『ツァラトゥストラ』第二部に現れている。「自己超克について」と題された章である。

きみら最高の賢者たちよ、きみたちを駆り立て、熱心ならしめるものを、きみたちは「真理への意志」と呼ぶのか？

一切の存在者を思考可能なものにしようとする意志、このようにわたしはきみたちの意志を呼ぶのだ！

一切の存在者を、きみたちはまず、思考可能なものにしようと欲する。というのは、一切の存在者がもともと思考可能なものであるかどうか、きみたちは当然の不信をもって、疑問に思うからだ。

しかし、きみたちは一切の存在者をきみたちに順応させ屈従させようとするのだ！　きみたちの意志が、そう欲するのだ。きみたちは一切の存在者をなめらかならしめ、精神の鏡ないしは映像として、精神に従属させようとする。

きみら最高の賢者たちよ、それが、権力への意志の一種として、きみたちの全意志なのだ。そして、きみたちが善と悪とについて、また、もろもろの価値評価について話すときにもそうなのだ。

加うるに、きみたちは、その前にきみたちがひざまずきうるような世界を創造しようと欲する。そうすることが、きみたちの最後の希望であり、最後の陶酔であるのだ。

〔……〕

きみたちの意志と、きみたちの諸価値とを、きみたちは生成の川の上に置いた。民衆によ

って善と悪として信じられているものから、わたしは、或る旧来の、権力への意志を察知する。(5)

よく知られた重要な一節だと思うが、日本語訳書の註に付けられた文言を引けば、ここでニーチェは「近代哲学の主観性の原理に基づく真理への意志の背後に、〔……〕権力への意志のひそんでいることを洞察(6)」しているのだということになる。真理を望もうとする明晰な思考の背後には、必然的・不可避的に「(権)力への意志」がひそむ。いやむしろそうした力強く明るい意志に賦活されて、「最高の賢者」たちの思考が成り立っているのだとも言えるのかもしれない。

ここで、この「力への意志」を、『悲劇の誕生』で繰り広げられた名高い「アポロン的なるもの」と「ディオニュソス的なるもの」との対比になぞらえてみよう。すると、これは言うまでもなく「アポロン的」な創造の主体としての意志の側に立つものであることは明らかだろう。『悲劇の誕生』の中で、ニーチェは、ギリシア人にあっては、「意志」は天賦の才と芸術との聖化されたフォルムのもとに自分自身を観照しようと欲し、それがために自らの似姿としてオリュンポスの神々を生み出したのであると論じている。「意志」という語が直接現れる箇所を引いて見れば、完成としての芸術を産み出すこの同じ衝動〔＝アポロン的な美的衝動〕が、またオリュンポスの世界を生ぜしめたのであって、ギリシア的「意志」は、この世界〔＝オリュンポスの世界〕を聖化の鏡として、己が姿を写し見たのである。〔……〕

ギリシア人のもとにおいては、「意志」は自己自身を、天才と芸術世界の聖化によって、観じようと欲した。意志の創造物たるギリシア人は、自己を讃美せんがために、自己自身を讃美に値するものとして感じなければならなかった、彼らはより高い領域において自己と再会しなければならなかった〔……〕。これが、そこに彼らが彼ら自身の映像たるオリュンポスの神々を見た美の領域である。[7]

つまり、「アポロン的衝動」がオリュンポスの世界全体を生み出した、というのである。この箇所に先立ち、ニーチェは、アポロンが「他の神々と並び立つ単に一柱の神」に過ぎないとしても、そのことに騙されてはならず、むしろ「アポロンとして具象化されたその同一の衝動が、そもそもかのオリュンポスの全世界を産み出したのであり、その意味においてアポロンは、われわれにとってはこのオリュンポスの世界の生みの父として認めるに足るものなの[8]」だと周到に自らの主張の真意に注意を促している。オリュンポスの世界を生み出したギリシア人の「意志」は、アポロン的なるものによって支えられていることを強調しているわけだ。こうして「真理への意志」の背後に潜む「力への意志」は、アポロン的な芸術として姿を見せる。

ディオニュソス的な無力への意志

さて、「力への意志」がアポロン的だとすれば、「無力への意志」はどういうことになるか。激情とは無縁の、節度と叡智に満ちた仮象の美を構築しようとするアポロン的芸術に対して、陶酔と自己忘却、酩酊と祝祭の、非造形的なディオニュソス的世界。もし「力への意志」がアポロン的造形性に結びつけられるとしたら、そのアイロニカルな裏焼きであるとも見える『無力への意志』という書名は、この書をディオニュソス的な世界の側に置くことを可能にするだろう。実際、『悲劇の誕生』の中には、まさに「禁欲的な意志否定的な気分はあのディオニュソス的な状態から生じたものである」[9]という、反=意志をディオニュソスに結びつける一節もある。[10]

考えようによっては、『無力への意志』という書物の、そしてすべてのファルドゥーリス=ラグランジュの作品の、最も困難な点の一つがここにあるとも言えるだろう。それは、わかりやすく言ってみれば、「無力」たらんとする意志が、一冊の書物としてまとめ上げられ、立派に一個の作品としての自己を確立しているという皮肉、あるいは逆説である。芸術は、「意志」によって成るのであり、「無力」によってではない。

ファルドゥーリス自身も、むろんこの逆説に意識的である。『無力への意志』の冒頭に、「ほとんどすべての書き物は、人間への諂《へつら》いである」というニーチェの言葉がエピグラフとして掲げられているのが、その証拠だ。「諂い」（flatteries）という語には、ニーチェ特有の韜晦が含まれているだろうが、書くということは、結局のところ伝えるということであり、それは人間に向けて何事かを訴えるということにほかならない。一九四六年七月十八日の日付を持つ『知られざるテクスト』の序文にも、ファルドゥーリスはこう書きつけている。

> 書く者は必然的に社交的な行為を行っているのだ。ただし、言語に新たな展望を切り開きながら、そうするのである。エクリチュールは、自動的な行為《オートマティスム》が一般的にそうであるように、コミュニケーションを目指すものなのだ。（TI, p. 7）

「言語に新たな展望を開く」や、「自動的な行為《オートマティスム》一般」という表現にも注意を引きつけられるが、さしあたり今はそこにはこだわるまい。書くということが必然的に（nécessairement）「社交的な行為（acte de mondanité）」であり、コミュニケーションを目指すものだ、というこの主張は、四〇年代という執筆年代の近さを考えても、『無力への意志』のエピグラフに掲げられたニーチェの言葉の延長線上に抱懐されたファルドゥーリスの思想だと見ていいだろう。ファルドゥーリスのテクストがいかに難解なものであるにせよ、書くことは何よりもまずコミュニケーションであるということ、このことをファルドゥーリスは無視するわけではないのである。

となると、『無力への意志』という、すぐれて逆説的な書名は、当然のことながらファルドゥーリス自身によってきわめて意識的に、自らをディオニュソスの側に置こうとする明確な意志のもとに、選び取られたものだということになるだろう。実際のところ、これはある種の「宣言」であるとさえ言いたくなるほどだ。この作品に限らず、ファルドゥーリスの作品全体に通底する姿勢だと見て差し支えないほど、「無力への意志」は、ファルドゥーリスの詩的世界の特徴を言い表しているのである。それは、「事物の根源」というカオスの状態、すなわちディオニュソス的な状態を目指しているからだ。そのことをまずは『無力への意志』を題材に見てみることにしよう。

「事物の最奥の核心」と「現象の尽きせぬ変転」

『無力への意志』というそのタイトルから、われわれはニーチェを引いた。アンヌ・ムニックもまた、『無力への意志』を「ディオニュソス的なるもの」の側に置いている。「この詩的物語は、そのタイトルからしてすぐさま、ディオニュソス的企図の中に自らを位置づけている」[11]。自らも詩人である彼女の指摘の真骨頂は、ほとんど直観的な把握のもとにそのことを提示しつつ、ディオニュソスとは「この世界の謎を受け入れる者を『事物の最奥の核心』へと導いてくれる」者だと喝破し、その点で、『『現象の尽きせぬ変転』を証言するイメージをあらゆるところから集めてくる」ファルドゥーリスの作品が、ディオニュソス的世界と親和的なのだ、と一息に核心に迫っているところにある。[12]

アンヌ・ムニックが注目するのは、ディオニュソス的世界とファルドゥーリス的世界の両者に共通する（と彼女が見る）「事物の最奥の核心」、そして「現象の尽きせぬ変転」である（これらはともに『悲劇の誕生』の中のニーチェの言葉）。ディオニュソス的世界とは、単純化を恐れずに言ってしまえば、「個別化の原理」によって表象せしめられる前の「物自体」das Ding an sichの世界、いわばカオスの世界である。[13] 実際、ニーチェはこう書いている。「アポロンは私の前に個別化の原理の聖化する霊として立っており〔……〕これにたいしてディオニュソスの神秘的な歓呼の叫びの下に個別化の呪縛が破砕され、存在の母たちへ、事物の最奥の核心へ、と至る道が開かれたのである[14]」。

「存在の母たち」すなわち「事物の最奥の核心」（le noyau intime des choses）は、確かにファルドゥーリス＝ラグランジュの特異な言語を見る上でも欠かせない視点だと言ってよい。通り一遍に表面をなぞって読んだのでは、そもそも何が書いてあるかさえわからないということが、ファルドゥーリスを読むときにはしばしば起こる。『セバスチヤン』を扱った第三章で、われわれは、「この世界」を描きながら「この世界ならざるもの」もまた、二重写しのようにそこに存在するのが、ファルドゥーリスの詩的な叙述の特質であると論じたが、それはつまり表面的な事物ではなく、「事物の最奥の核心」へ迫ろうとしている、と言ってもほとんど同じことである。右に引いたばかりのニーチェの言葉をそのままなぞって、「〔ファルドゥーリス＝ラグランジュ〕の神秘的な〔言語〕の下に個別化の呪縛が破砕され、存在の母たちへ、事物の最奥の核心へと至る道が開かれるのだ」と書けば、これは見事なまでに核心を衝いた、ファルドゥーリスについての評言となるではないか。そのことに、われわれは驚くと同時に深く納得もする。

原初の世界と怪物性

一方、「現象の尽きせぬ変転」もまた、ディオニュソス的なものとして、ニーチェによって次のように言及される。ここはムニックによって引用されている箇所なので、彼女が使っているニーチェのフランス語版に沿って訳出してみる。

ディオニュソス的な芸術とその悲劇的な象徴においては、この同じ自然が、偽りのない真実の声でわれわれに語りかけるのである、「あるがままのわれを見よ！　止むことなき現象の有為転変の下にあって、われは原初の母なのだ。永遠に創造的で、永遠に生存へと強制する、そして現象の尽きせぬ変転に永遠に満足する、原初の母なのだ」と。(15)

これを踏まえた上で、ムニックは、ファルドゥーリスの『無力への意志』にもまた、「現象の尽きせぬ変転」（l'inépuisable variété des phénomènes）を証するイメージが集められていると言う。現象が尽きることなく変転する世界とは、今の引用で見たように、すなわち「原初の母」なる世界である。そして、『無力への意志』という物語では、そうした「現象の尽きせぬ変転」を証するイメージが、最終的に「母なるものの重力とやわらかい空気」（VI, p. 194）の中へと沈潜していくのだと、ムニックは論じるのである。芸術家としての直観を交えたムニックの議論について行くのは簡単ではないが、注目に値すると思われるのは、彼女がこの時、「母なるもの」から、「怪物的」な身体へと連想を伸ばしている点である。この連想は、意表を突くものでありながら、驚くべき洞察であるとも見える。ムニックは言う。「そこで人は、原初的な世界にも通じる、怪物的と形容された身体的現実（une réalité corporelle qualifiée de monstrueuse）に到達するのだ[16]」と。「怪物的」な身体が、「原初的な世界」に通じるとされていることにも留意しておこう。ムニックの言う「母なるもの」とは、すなわち「原初の母」なのである。

実際、『無力への意志』の終盤にはこんな一節がある。「事物の根源」と「怪物性」が結びつく瞬間である。

彼女は謎めいた微笑を浮かべていた。怪物はその瞬間まさに彼女の四肢を形成しており、彼女の内奥の影を、喜悦を望む身体的意志の外に投げかけていた。「彼らが常軌を逸した頭を持っていたのはそのためなのだ」と彼女は考えた。「彼らは病気だ、視力もなく、聴力もない。妊娠期間が彼らの魂をゆがめてしまったのだ」。彼女もまた奇形していた。なぜなら彼女は事物の根源にいるからだ。そして事物を派生させることができないからだ。

（VI, p. 194. 傍点引用者）

そして、この作品を締めくくる言葉もまた「怪物性」（monstruosité）なのである。

あらかじめ定められた場所へ、マルトはそれらの見えない力によって突き落とされた。雷が彼女の胸の中で炸裂した。衝撃が、剥き出しのまま、空間を走り、彼女の乳房の熱を運んでいった。

空になった家の中で、彼女は自由だと感じた。子どもは外で散歩させてもらっているので、再生の重みは消えた。数々の風景の思い出が彼女を魅了した。その風景では、人間の残滓の種が、怪物性の中で芽を出していたのだった。

（VI, p. 199）

原初的（primitif）な世界、あるいは「原初の母」（la Mère primitive）が、「事物の最奥の核心」すなわち「存在の母たち」へと通じるものであるならば、そこはニーチェの言うディオニュソス的な世界、「個別化の原理」の働かぬ、いわば文目《あやめ》も分かぬ世界である。その時、事物が――人間の身体も含めて――「怪物的」な様相を呈する、というのは、むしろ当然のことかもしれない。「人間の残滓の種が、怪物性の中で芽を出していた」（la semence des débris humains avait poussé dans la monstruosité）風景とは、ディオニュソス的な、原初の世界の風景であろう。

怪物的身体から怪物的風景へ

ここでマルトは確かに「原初の母」のイメージに重ねられている。そう考えるのは自然なことだろう（「彼女は事物の根源にいる」）。そして、事物の根源にいるからこそ、「彼女もまた奇形してい」るのである。ほとんど筋らしい筋もなく、どこで誰が語っているかも不明瞭な語りや、さまざまなレベルの言説が複合的に混ぜ合わされたこの奇怪な詩的物語において、マルトはヒロインとも言うべき中心的人物である。そのマルトが、ともに住んでいた（おそらく親らしき）男女、ガエタンとジェラルディーヌと離れ、ピエールと結婚し（「マルトは二十歳でピエールと結婚した」VI, p. 43）、アパルトマンを見つけ、そして子どもを持つ（「マルトは妊娠した」VI, p. 183）、という、一応の筋をたどってみればそんなふうにまとめることができるこの作品の結構から言って、終幕部で、「原初の母」なる立場になぞらえられるのは、言語によって「事物の最奥の核心」に至ることを目指すファルドゥーリスの詩的野心の行程を、いわばそのまま具象化したものだと言ってもよいだろう。その意味で、アンヌ・ムニックの言うように、この詩的物語はラストに向かって「母なるもの」の重力場へと収斂していくものであると見るのは正しい。

ただし、「怪物的身体」は、この終幕部に至ってのみ現れるわけではない。むしろごく初めから登場していた。まだ十六歳だった頃のマルトを連れて丘に登ったガエタンは、そこで風景の絵を描こうとするのだが、彼はマルトに向かってこんなふうに言うのだ。

「絵ってのはね、俺が呼びかけると、向こうは答えてくれる。ここにいるってね。俺の感覚の怪物的全体性に対して答えてくれるんだ。俺は職人の技の中に眠っている多様性の支配者なのさ」

（VI, p. 31）

ガエタンは、絵という、「自分の感覚の怪物的全体性」（la totalité monstrueuse de mes sens）に対して応答してくれる相手を持っているわけだが、この時すでに、この人物の感覚が「怪物性」の刻印を帯びて語られていることに注意しなければならない。そしてもう一つ、先ほど引いたこの書を締めくくる末尾の「怪物性」（monstruosité）の語が現れる引用箇所にしろ、このガエタンのエピソードにしろ、どちらの場面にも、ともに「風景」（paysage）という語が顔を出していることにも奇妙な暗合が感じられる。ガエタンは丘に登って風景を描こうとするのだし（「サンドイッチを食べなさい、マルト。俺はどの風景を描くか選ぶから」VI, p. 28)、マルトが魅了される風景とは、「人間の残滓の種が、怪物性の中で芽を出していた」風景なのである。

風景と怪物性。この一致はただの無意味な偶然なのだろうか。確かに、ここに強い意図や明確な意味づけを与えることは難しいかもしれない。しかし一方で、ここには、単なる偶然とは思われない共通する思考の素地のようなものが感じられるのも事実である。というのも、「怪物性」が「事物の最奥の核心」、「存在の母たち」（すなわち「ディオニュソス的世界」）に結びついているのである以上、それは、事物がその輪郭を失って溶けてゆき、いわば事物が事物でなくなってしまうような事態を指すと考えるべきだからだ。つまり、「怪物性」が現れるとき、それが一義的には人間の身体の「怪物性」だとしても、結局のところ、風景そのものもまた「怪物的風景」となるほかないのである。

そのことをよく示すのが、ガエタンの絵について触れた、次の一節ではないだろうか。

彼は突然、彼女のように、すべてを混ぜこぜにした。風景はおのずから人間の形となった。〔……〕彼女は、動物たちのカーニバルよりもむしろ、幻覚の美しさを味わった。「人間も動物も同じものだ」

(VI, p. 30)

ここでは、すべてが混ぜこぜになり、風景は「人間の形」(des figures humaines) と化し、動物も人間も「同じもの」(hommes et bêtes, c'est la même chose) となってしまう事態が語られている。そして、ガエタンの絵が自分に近しい (Elle est proche de moi, ta peinture) と感じるマルトは、こんなふうに続けるのだ。

「だって、そうでしょう、ガエタン、夜が蛇のしっぽとなってやってくるとき、女が到着するのよ。そして潰れた頭を持つ子ども……」
「知っているよ」

(VI, p. 31)

頭の潰れた子どもとその母というイメージは、この少し前に唐突に挿入されるあるエピソードを受けているが、それは後にもう一度見ることにして、ここで「夜が蛇のしっぽとなってやってくる」(le soir vient en queue de serpent) という、いわば風景全体に関わる、いささか怪物的な変容と、頭の潰れた子どもの到来という「怪物性」とが、やはり結びついていることに注目しよう。ファルドゥーリスにあって、「怪物的」な身体ないし身体の「怪物性」は、ほとんど常に怪物的な風景の変容をも伴うのである。そのことは、これら「奇形の身体」と、ファルドゥーリスの詩的営為の鍵とも言える「事物の最奥の核心」、「存在の母たち」に迫ろうとする野心とが、密接に結びついていることを証している。

傷ついた子どもたち

もちろん、こうした「怪物性」が、奇怪な化け物というような単純な意味でないことは言うまでもない。それは要するに「ディオニュソス的」な意味での「物自体」の世界における、事物のむき出しの現れのようなものだ（ここでフランス語の怪物 monstre が、語源的に「示す」、すなわち何かを「表す」ことにつながっていることを思い起こしてもよいだろう）。だからこそ、あらゆる事物の全体、風景そのものに関わるのである。だが、通常の秩序とは異なるもの、形象として崩れたものという意味では、そのような身体――一言で言って「化け物性」を帯びた身体――もまた、無縁のものだとは言えない。実際、たった今見たように、「潰れた頭を持つ子ども」のような、「畸形」もまたファルドゥーリスの作品に頻繁に現れるのである。『無力への意志』で、この子どもは（ファルドゥーリスの作品で因果関係が不明なのは常のこととはいえ）、いささか唐突に現れる。

彼女〔＝マルト〕は小屋から来る、熱い大鍋から来る、弱々しいうめき声を聞いた。若い男が小屋に入り、ほどなくそこから子どもを抱えて出てきた。劇はこのお祭りのような騒々しい官能から、「予期せぬもの」へのこの偏愛から、森の奥のこの小さな扉から生まれる。そこでは、舞台装置が雷の一撃のように反響している。獣たちは一跳びの跳躍で彼らの恐れを示し、創造へと螺旋を描いて痙攣に身をよじらせる。

(VI, p. 22)

すぐにそのあとから黒い服の痩せこけた女がついて出てくる。奇妙な対話が始まる。

「林間の空き地は私の重みでぴしりと音を立てる。波は広がっていく。そして、痩せた女は頭の潰れた子どもと一緒ならば、よりいっそう悲しかっただろう」

「聞け、お前。子どもは泣いている。嫌そうな顔をしている」殺しの試みの中で、女は黙っている。まっすぐに立ち、音の嵐に対して腕を組んだまま。

「子どもを黙らせろ」

「一滴のお乳も出ないのよ」

宿命的な身ぶりで、彼女は枯れ果てた胸を群衆の前に差し出した。子どもは真っ赤になって怒り、母の腕の中に落ちた。日々は突然労働を老いさせた。労働は渇きに汚染された。老人がただ一人斧で断ち切った。

「私が黙らせてやろう」（VI, p. 23）

「痩せた女は頭の潰れた子どもと一緒ならば、よりいっそう悲しかっただろう」（la femme maigre serait plus triste encore avec un gosse à la tête écrasée）。ここでは動詞が条件法（すなわち、ある仮定や条件の下での非現実な世界を語るための語法）におかれているために、この子どもが実在するのかどうかは断言することができない。しかし、今引いたこの前後の脈絡を考えれば、むしろここだけが条件法になっていることが不思議だとも言える。この女が何者なのか、この子どもがどんな子どもなのか、若い男と老人がどんな関係なのか、何一つ分明ではないが、しかし、条件法の形で一瞬この場面をよぎっただけの「頭の潰れた子ども」のイメージは、すでに先ほど触れたように、十ページほど離れたガエタンとマルトの会話の中に、また顔を出すのである。単なる仮定の話として片づけられない強度を、このイメージは持っている。ましてや、斧を持った老人が、どういう方法でかはわからないが、「私が黙らせてやろう」という展開には、不穏な空気がにじまずにはいない。こうした「怪物的」イメージは、ここでだけ孤立して現れるわけではない。たとえばもっと先でマルトが出会う女の子とも、このイメージはつながっているように思われる。

マルトは切り立った領域へと踏み込んでいった。彼女は歩道の縁でその女の子を見つけた。彼女は目を患っていた。その両目は化膿していた。大きな蝿が何匹かその瞼の上にとまっていた。〔……〕女の子は、干からびた大地の上で、甲状腺腫にかかっていた。大きな腫瘍が、彼女の頭を空の方に向かせていた。とても遠くからやってきた彼女の唇はつぶれ、喉は乾いていた。〔……〕女の子は死の運命にあった。彼女は間断なくどこでも眠った。石の上で、砂の上で、その燃え上がるイメージの秘密を眠りの中に引き込みながら。目覚めるとき、彼女は苦痛の叫びをもらした。ダレ、オマエハ？

(VI, p. 57)

ここに引いた二つの場面では、どちらも身体的に何らかの病や障害を抱えている子どもが現れている。この二例では、まさに「怪物的」という形容に釣り合うだけの、かなり生々しい「畸形性」が強調されているが、しかし、こうした極端な例によらずとも、すでにセバスチヤンが知的障害を持つ者であったように、何らかの不具が現れることは、ファルドゥーリス＝ラグランジュの作品世界の最も目につく特徴の一つなのである。そのことが最もよく表れているのは、もう一つの初期長篇『大いなる外的客体』だと言ってよい。ファルドゥーリスの世界において、不具であることは何を意味しているのか、ここで『大いなる外的客体』に話題を移して、そのことをさらに考えてみたい。

『大いなる外的客体』

『セバスチャン』や『無力への意志』がそうであったように、これもまた一つの家族の物語である。父ニコデームと母エルミオーヌ、その子どもであるカドミュスとベアトリス。[17] 今述べてきたわれわれの関心から言って、すぐに問題になるのは、ベアトリスの婚約者でやがて夫となるフィリップが聾であり、その二人の子どもアドランが下肢麻痺であるということだろう。父ニコデームもまた、年老いてからはほぼ視力を失い、終盤では、端的に「盲目の男」(GOE, p. 108) と呼ばれることになる。また、主要人物ではないが、フィリップとかかわりを持つ「盲目の男」も登場する (GOE, pp. 66-67)。これらの身体障害にどんな意味があるのか。もとより明快で単純な意味づけをすべき性質のことではないかもしれないが、とりわけこの作品に顕著なファルドゥーリス的な主題にその根源的な理由を見つけることも不可能ではないように思う。

そもそもこのタイトルの意味するところは何か。それを考えるところから始めよう。これがロートレアモンの『マルドロールの歌』に登場する表現であることは、知っている人も多いだろう。『マルドロールの歌』第五歌の第三ストローフで、創造主が「大いなる外的客体」(le grand objet extérieur) と呼ばれているのだ。

ファルドゥーリス＝ラグランジュは、この本のエピグラフとして、まさにその一節を引いている。

少なくともはっきりしているのは、昼のあいだは誰もが〈大いなる外的客体〉にたいして有効な抵抗を突きつけられるということだ。[18]（GOE, p. 11）

デュカス＝ロートレアモンの『マルドロールの歌』は、この一節でもわかるように、いわば創造主に対して抵抗を試みる物語である。少なくともそれがモチーフの一つになっていると言って間違いではない。しかし同時に、「少なくとも」（Au moins）「昼のあいだは」（pendant le jour）といった譲歩的な語調によって、むしろ「大いなる外的客体」の圧倒的優位――〈創造主〉であるからには、それは当然のことだが――が示されていることにも注意しなければならない。「有効な抵抗」（une résistance utile）という表現は、逆にこの戦いが、ほぼ勝ち目のない戦いであることをほのめかすものだととるべきだろう。

したがって、すでに『無力への意志』を書き上げていたファルドゥーリス＝ラグランジュにとって、この言葉をエピグラフに掲げた『大いなる外的客体』は、雄々しく「抵抗」へと立ち上がったという姿勢の転換を示すものなのか、と問えば、むろんそうではないということになるだろう。今見た通り、これが裏返しの表現であるならば、これもやはり、ある種の「無力」を主題にした作品だと考えることができるのである。

「創造主」とはどういう存在を想定しているのか、ファルドゥーリスの本作において、それは必ずしも明確ではないが、明確にする必要もないだろう。ただ、ここでも何らかの「超越性」が問題となっているということだけは、はっきりしている。超越的な存在としての「大いなる外的客体」(=創造主)。そして、それを前にした人間の「無力」。ミシェル・カルージュは、ファルドゥーリス作品に頻出する不具は、そうした人間の「不完全性」を象徴するものだと鋭く指摘している。「盲、聾、麻痺、頭部欠損」などの「不具性」(infirmité)は、「〈大いなる外的客体〉を前にしたときに、すべての人間が聾で盲目である」[19]ことを象徴する役割を果たしているというのである。なるほど、そう読めば、『大いなる外的客体』というタイトルを持つこの作品においてとりわけ「不具」が頻出することも納得できるだろう。

〈無力〉を際立たせる世界

そして、そう考えたとき何よりも興味深いのは、この『大いなる外的客体』という作品において、不具の人物が現れるその場面設定である。たとえば、耳が聞こえないフィリップが現れるとき、なぜか母と娘(フィリップの婚約者ベアトリス)は音楽を演奏し始める。まるで耳が聞こえないという不自由さを意に介さないかのように。いや、その不自由さをむしろ際立たせるかのように。

友人フィリップが花束を持って入ってきた。カドミュスは目で会釈した。フィリップは花束をテーブルに置くと、しっかりと立っていようとした。不安そうに。耳の聞こえない自分の空間の中で。誇大妄想の彼は、激怒して宇宙の重みを持ち上げ、音をつくりだすためにそれをひっくり返した。／二人の女が音楽を演奏し始めたとき、彼は猛烈な勢いで自分をあおいだ。彼は今やたった一人、無声の持続に拒絶された、あるいは引き留められた表情をつくることのできる人間である。知性にとって十全に効力を及ぼしうる記号しかなく、彼の意識は一枚岩の共同体の中で不寝番をしている。／女たちは演奏していた。一方はピアノを、もう一方はヴァイオリンを。彼の顔立ちがわかりやすい表情をうかべることを何かが拒否している。そしてあらゆる素材が苦しみに波打っている。彼は一種の忘却の中に生まれたのだ。今この時は彼を束縛しない。ただ古代性だけが彼と契りを結んでいる。

(GOE, p. 20)

あいかわらず難解な表現がところどころに入ってきて、全体をすっきりと理解するのは容易ではないが、場面を思い浮かべるのは難しくない。すでに言ったように、奇妙なのは、「耳の聞こえない自分の空間の中」（dans l'espace de sa surdité）にいるフィリップに対して、まるで当てつけるかのように音楽が始まることだ。

このような対比が演出されるのは、フィリップだけではない。肢体不自由のアドランもまた、本格的に登場する場面は、なんと山登りである。カドミュスがフィリップとベアトリスの一家を山にある自分の家に呼ぶのだ。

カドミュスの小さな町に着くと、彼らは山々の連なりに驚かされた。山々は、その山腹に輝かしい影を投げかけながら這い登る巨人とよりも、むしろアドランの脚といっそうよく和んでいた。ところどころ険しい場所があった。土台が石灰質でバランスの悪いそれらの場所は、アドランを居心地悪くさせた。彼は同時に、大人たちの下半身が無礼なまでに堂々としていることにも気がついていた。何よりも彼がしがみついているベアトリスのそれが子どもをないがしろにしていた。彼女はその経験の無さから、眠りの不浸透性を弱めかねなかった。

（GOE, p. 86）

フィリップとベアトリスの息子が病を持っていることを知り、そのことを手紙の追伸に書き送るカドミュスが（「五年前、君たちのあいだに生まれた子どもが病気だと、風の噂に聞いたよ」

GOE, p. 84)、あえて山に一家を来させる経緯にはほとんど不審を呼ぶものがあるが、ファルドゥーリスの世界において、そのことはとりあえずどうでもよいだろう。いずれにせよ、ここで山歩きがアドランの下肢麻痺と関連して描かれていることははっきりしている。

アドランにとって、二つの山の頂上を跳躍することは不可能になっていたが、それは距離のせいではなく、崩れてゆく跳躍が彼の身体的ダイナミズムの病んだ部分を直撃するからだった。もし跳躍が人間的に常に可能だったならば、距離は縮まるだろう。(GOE, p. 86)

ついでながら、アドランの障害とその父フィリップの障害がつながっていることも明言されている。「アドランはフィリップの聾から生まれた子どもでもあった (Adelin était aussi l'enfant de la surdité de Philippe)」(GOE, p. 86)。むろん科学的・医学的なつながりの話をしているのではない。ただ、「不具」が、この作品において個人的な偶発性のレベルではなく、作品全体に通底する何らかの意味を担って設定されたものであることを、この一文は明らかにしていると言えるだろう。

宿命的な不具としての人間の表象

話を戻そう。今見たように、フィリップとアドランの身体的不自由は、どちらもまさにその不自由を際立たせるかのような舞台設定とともに差し出されている。これは確かな観察である。それが意図的なのか、またそうであったとしてどのような意図によるものなのか、それを今ここで確定しようとは思わない。ただ、これらの人物たちが生きている世界が、彼らの「不具」を、その「無力」を、和らげるのでもなく、消し去るのでもなく、際立たせるようなものとして立ちはだかっていることだけは確かなのだ。これを一つの象徴としてとらえるならば、この「逆境的」な舞台設定は、次のような解釈をより強めるものだということは言いうるだろう。すなわち、世界を前にして人間は「無力」、少なくとも「不完全な力しか持たない者」であるという解釈である。

アンヌ・ムニックもまた「身体的な無力の形態は、いずれも宿命の徴である[20]」と書いている。ことは一人二人の特殊な人物にだけ関わるのではない。すべての人間の宿命的な〈無力〉が、この「徴」によって示唆されているのである。ファルドゥーリスにあって、人間は宿命的に不完全な生を生きているのだ。『大いなる外的客体』に読まれる「自然の実験はおそらく目的のないものであり、アドランはおそらくしくじった例だ。だがそれは本質的・内在的なしくじりなのだ。彼は人が自分自身について思い浮かべる像そのものなのである」（GOE, p. 87. 傍点引用者）という言葉もまた、それを裏付けている[21]。

すでに前章において、ファルドゥーリス的な主題の一つが、常にすでに失われてしまった完全なる合一の世界、「一にして全なる」世界への憧れであり、詩によるその世界への接近であることを確認した。われわれは不完全な生を生きており、無限なる宇宙から切り離された存在である、ということの認識は、ファルドゥーリスに深い影響を与えたドイツ・ロマン派の詩の美学とほぼ正確に同じものである。

フリードリヒ・シュレーゲルの小説『ルツィンデ』において、主人公ユーリウスは自分がバラバラで、世界とも自分自身とも合一できないと嘆じている（「彼の全存在は、その幻想の裡にあっては、たがいに脈絡のない破片の塊に過ぎなかった」[22]）。しかし、自分と同じ魂を持つと感じられる最愛の人ルツィンデに出会うことによって、彼はその愛の中で十全なる調和を得ることになるのである（「まったき調和となると〔……〕、彼は、ただルツィンデの魂のなかにしか、みいだすことはできなかった」[23]）。ドイツ・ロマン派の理論的支柱であったフリードリヒ・シュレーゲル唯一の小説『ルツィンデ』は、わかりやすく整理してしまえば、そういう物語である。

ここにはもちろん前章で見たヘルダーリンの『ヒュペーリオン』と同様の思想がある。『ヒュペーリオン』もまた、一なる調和を求める精神の「自己救済の書」[24]だからである。彼らは無限なる宇宙の本質から切り離されてしまったと感じている。そこにドイツ・ロマン派の最も根源的なモチーフがあるとすら言えるだろう。「『無限なるものへの憧れ』というクリシェーは、ドイツ・ロマン派全体を特徴づけるいわばキーワードとしてよく知られており、実際フリッツ・シュトリヒ流にこの言いまわしであらゆるロマン派的傾向の根底にあるものを括ってしまうことも可能ではある[25]」とは、『ルツィンデ』を収めた『ドイツ・ロマン派全集　第十二巻』の解説の言葉だ。

かくして、人間は宿命的に不完全であるという思想が、ドイツ・ロマン派とファルドゥーリス＝ラグランジュを結び、そしてファルドゥーリスの作品において、何らかの身体的能力の「無力」として象徴的に表されているということになる。

聖性の刻印

だが、ファルドゥーリスの「不具」たちは、ドイツ・ロマン派の主人公たちとは決定的に異なる、いわば正反対と言ってもいい性格を有してもいることも指摘しておかなければならない。すなわち彼らは「無限なるもの」に憧れるのではなく、彼ら自身がむしろそうした「超越的なもの」へと連なる、その隙間を垣間見せてくれる一種の聖性の象徴となっているのである。

たとえばフィリップ一家と山の上で合流したカドミュスは「アドランの中に、その下肢の麻痺ゆえに、潜在的な両性具有の神《ヘルマフロディトス》を見る（il vit en Adelin, à cause de la paralysie de ses membres inférieurs, un Hermaphrodite en puissance）」（GOE, p. 86）というのだが、両性具有の意味はここではさておくとして、大文字で始まるヘルマフロディトス Hermaphrodite（すなわち一般名詞ではなくギリシア神話の神）、そして「潜在的な」と訳した熟語 en puissance（puissance は「力」）という語感には、力強い神性のニュアンスが込められていると見るべきだろう。単純化を恐れずに平たく言ってしまえば、アドランはここで神に比せられているのである。障害を持つ者に、一種の逆転した「無垢」を貼り付けるのは、またもう一つの陳腐な「クリシェ」（決まり文句）だと言ってよいが、そうしたことにはおかまいなく、ファルドゥーリスは、アドランを「とても無垢な（très innocent）」（GOE, p. 88）と形容し、フィリップとアドランに「彼らの無垢（leur innocence）」を担わせて躊躇わないのである（「フィリップとアドランは理想のイメージの方に収斂し、空間は彼らの無垢の中で大きく延び広がる」GOE, p. 103）。

「無力」な者に「聖性」が刻まれるのは、むろんフィリップとアドランの例にとどまらない。別の作品で、知的障害を持つセバスチヤンもまた、特別な存在であることが明瞭に示されている。「狂人〔＝セバスチヤン〕は真実への、本質《イポターズ》への道の途上にいる。根本を燃やす激しい毒の道の途上に」（S, p. 80）。「狂人は言語《ランガージュ》の背後に、最奥にいる。彼は言葉《パロール》のわかりやすさを拒絶する」（S, p. 90）。「狂人のまなざしの下では、日付はどれも近づいてしまう。涸れた泉はまた再び流れ出す。その停止を知らなかった男の存在を前にして」（S, p. 67）。

セバスチヤンはまた、「その力によって、霧の広大さをつかみとる」（S, p. 100）こともでき、「ただ彼一人だけが光と水を保持することのできる」「支配者」（S, p. 45）でもある。暗闇もまた彼の望み通りに引き延ばされる。「暗闇は長く続いた。なぜなら狂人が暗闇が長く続くことを望んだからである」(S,p.48)。そして、「狂人がみんなの中で一番強いことを誰も知らない」(S,p.43)。

無力な者だけが「客体」に近づくことができる

セバスチヤンの特別さを、その「権能」を集中的に並べ立てたかのようなページがある。長すぎるのでそのまま引くことはできないが、かいつまんで引用しよう。

> セバスチヤンは可能なるものの限界にいた。その向こうでは誰も何も見ることができなかった。〔……〕セバスチヤンだけがその塊に触れることができる。彼を通過し、彼を殺さず、中を満たすものと外を覆うものの方へと向かうその塊に。〔……〕彼の体は泡となる準備が、そして母の手はその泡をぬぐう準備ができている。/セバスチヤンは不和と共感へと、多にして一である行為へと自らを差し出すことに幸せを感じている。/彼はそのあとの瞬間がそうなりたいと願ったところのものであり、その前の瞬間がそうなりたくないと願ったところのものにほかならない。(S,p.86)

バルヌーは「状況の有機的な力によって常に振り回されていることが悟性の宿命ではないか、そしてただ狂人だけが自らの望むままに進む幻想ないしは権能を持つことができるのではないか」(S, p. 68) と自問している。

だが、この「権能」も「聖性」も、彼らの「宿命の徴である身体的な無力」と引き換えなのであり、いわばその犠牲の上に立つものである。それゆえ、『大いなる外的客体』の終幕で、フィリップとアドランが一種の供犠となるのも当然のことと言えるだろう。父と息子は、橇に乗って山腹を滑り降りていき、永久に姿を消してしまうのである。

フィリップはアドランがよけいなブレーキ操作で橇を導くがままにさせていた。自分たちの権能の孤独の中で、彼らは二人して勝ち誇っていた。〔……〕彼らは逃亡者となるのだろうか。あの目覚ましい未来のシーンの生き残りとなるのだろうか。彼らの道はまだ早まりすぎの月足らずだ。〔……〕その完璧な降下のあいだ、不平等な時間の条件の中で、彼らは始まりと終わりのあいだに自らを投げ捨てる。それは人間の条件の真の眩暈である。

(GOE, p. 101)

ベアトリスはただテラスから二人を見守り、その高みから状況を追うだけだ。なぜなら、「すべての要素は客体《オブジェ》の前に躊躇なく向かうことを余儀なくされて」(GOE, p. 100) おり、彼らの道行きは「客体《オブジェ》への接近」(GOE, p. 103) のようであるからだ。ここで「客体」(l'objet) はこの後の最終章で出てくるように大文字(l'Objet)ではまだ書かれていない。使い分けには何らかの意味があるのかもしれないが、しかし、少なくとも無関係と考える道理はなく、タイトルと響きあって、同じものを指すと理解するのが筋だろう。すなわち彼らの道行きはあの「大いなる外的客体」への接近なのであり、「かくして、フィリップとアドランは、殺され、胎児の形をとって、母なる喧騒と合流する」(GOE, p. 102)のである。

「無力」の形をとるものが、こうして、最も「客体《オブジェ》」と近しいものとなる。一方、その二人の後を追うことを夢見るかのように、「盲目の権能の極限に位置している」(GOE, p. 108)と形容される父ニコデームは、フィリップとアドランの「落下」の後、「客体《オブジェ》へと向かう自分の跳躍はいつ期限を迎えるのだろう」(GOE, p. 116)と自問するに至る。

ファルドゥーリス゠ラグランジュにあって、「無力」を意志することの意味の、少なくともその一端は、こうしたところから窺い知ることができるだろう。

天使と闘うヤコブ

『無力への意志』の中に、「天使と闘うヤコブ」との見出しが掲げられたページがある。天使とヤコブの闘いというのは、旧約聖書の『創世記』にあるエピソードに基づく話である。兄エサウに会いに行く前夜、川を渡ろうとするヤコブの前に「一人の人」が現れる。そして「明方になるまでヤコブと角力《すもう》をとった」。その人は「自分がついにヤコブに勝つことが出来ないのを見てとって」、ヤコブのもものつがいに触る。すると「ヤコブのもものつがいははずれてしまう」う。その人が、「明方になったらかわたしを去らせてくれ」と言うと、ヤコブは「あなたがわたしを祝福して下さらなければ、わたしはあなたを去らせない」と答える。その人は、「もう君の名をヤコブと呼ぶのはやめて、イスラエルと呼びなさい。君は神と人とに戦を挑んで勝ったからだ」と言い、「その所でヤコブを祝福した[26]」。

パリのサン＝シュルピス教会にあるドラクロワの壁画《天使と闘うヤコブ》は、ファルドゥーリス＝ラグランジュのとくに愛する絵で、彼はよくこれを見に足を運んでいたという[27]。「無力な者」、「弱き者」をめぐって書き継がれてきたこの章の最後を、この絵に触れることで締めくくりたい。

ボードレールは、この壁画を次のように描写している。「前景には、地面に、ヤコブが主なる神から送られた不思議な人と組打ちするためにぬぎ捨てた衣服と武具が横たわる。自然の人と超自然の人とは、それぞれ自らの本性に従って闘う——ヤコブは雄羊のように身を前に傾け全身の筋肉を緊張させつつ、『天使』は穏やかに、優しく、筋肉の努力なくして勝ち得る者として、快く格闘に応じ、怒りがその四肢の神々しい形態《フォルム》を歪めてしまうようなことは許さずに[28]」。

アンヌ・ムニックは、ここから即座に「不具となった身体」のモチーフを引き出して見せる[29]。

ドラクロワ《天使と闘うヤコブ》(部分)，1861 年，サン＝シュルピス教会

確かに、ヤコブが「全身の筋肉を緊張させ」、全力で立ち向かっているのに対して、天使は「筋肉の努力なくして勝ち得る者」であり、いわば余裕綽々であって、その「四肢の神々しい形態を歪めてしまう」ことがない。逆に言えば、「自然の人」たる人間は、天使と格闘するときには、すでにして形態を歪めた「不具」なのだ。実際、先ほど見たように、『創世記』に基づくこのエピソードにおいて、ヤコブは腿の関節のところに天使の一撃を受けて関節がはずれ、びっこを引くことになるのである。

ところで、ボードレールはこの天使とヤコブの闘いをどのように見ていたか。それを知る一つの手がかりを「反逆者」（原題 Le Rebelle）という詩に求めることができる。

怒り狂った〈天使〉が、天から鷲のように襲いかかり、
不信心者の髪の毛をむんずと掴んで、
揺すぶりながら言う、「汝、掟を知れ！
（いいか、私は汝の守護天使だぞ）、私が望むのだ！

しかめ面をせずに愛さねばならないことを知れ、
貧乏人を、性悪者を、陰険な奴を、愚鈍な奴を、

イエスの通り給うときに、汝の慈愛をもって
勝利の絨毯を敷くことができるように。

〈愛〉とはかくのごときもの！　汝の心が麻痺する前に、
神の栄光に、汝の恍惚をふたたび甦らせよ、
これこそが長続きする魅力を持つ真の〈悦楽〉に他ならぬ！」

そして〈天使〉は、実際、愛と同じだけの懲らしめを与え、
巨大な拳で、呪われた男を痛めつける。
しかし地獄に堕ちた男は相変わらず答えるのだ、「いやだ！」と。[30]

この詩の制作年代は明らかではないが、プレイヤード版の編者クロード・ピショワは、ボードレールがサン＝シュルピス教会にあるドラクロワの壁画を参照した可能性が高いと指摘している。[31]〈天使〉に「懲らしめ」られ「痛めつけ」られながら、なお「いやだ！」と叫ぶ人間。ここで〈天使〉はほとんど〈創造主〉＝「大いなる外的客体」となっているのではないだろうか（実際、初期キリスト教美術においては、ヤコブの相手は神自身であったのが、のちに天使として描かれ

るようになったという)[32]。だとするなら、ここには、「大いなる外的客体」に対する人間の「反逆」が描かれていることになる。それがボードレールの見方だとするならば、その思想ないし詩想は、ロートレアモン=マルドロールへとそのまま、いわば順接の関係でつながっている。ファルドゥーリスもまた、ある意味でロートレアモンの継承者ではある。しかし、彼の見方は少し違うように見える。ファルドゥーリスは〈天使〉に「祝福」されることを希求し、そこに文章の力点を置いているように読めるからだ。

ファルドゥーリスの文章を追ってみよう。彼はこう書いている。「腰を打たれたため、彼はこれ以後びっこになるだろう。だが、何物も彼の強情を止めることはできない」(VI, p111)。しつこさに恐れをなした天使は言う。「夜が明けるから、私を行かせてください」この後を、そのまま引こう。

> すると、ヤコブは答えた。「私を祝福してくれるまでは、決してあなたを行かせません」
> **そこで天使はヤコブを祝福するのだ。**
> これは物質的勝利である。これは人間の絶頂である。あの大きな寺院が何の役に立つというのか。闘いは花咲く野原で行われる。風を受けて、埃と火の光の中で。
> (ゴシック体は原文大文字表記。VI, p. 111)

「天使と闘うヤコブ」と題された一ページだけの短い一節はこれで終わる。なるほど、「勝利」という言葉はある。だが、『創世記』とは違って、ファルドゥーリスの場合、勝利したから祝福されたのではない。祝福されたこと自体が勝利なのだ。人間はただ弱いまま祝福されるのである。

ドラクロワの絵は《天使とヤコブの闘い》(あるいは《ヤコブと天使の闘い》)と訳されることもある(原題は « La Lutte de Jacob avec l'Ange »)。だがここでは、あくまで《天使と闘うヤコブ》という表現をとりたい。その理由は、ここまで述べてきたことから明らかだろう。力点は人間であるヤコブに置きたいのである。おそらくファルドゥーリスも、そのようにしてこの絵を見ていたのではないだろうか。

第5章

神話の声、非人称の声

私は自分の顔を失い、そしてまたそれを見いだす。
——「ミルキー・ヴォイス——天の声」(1)

私は自分が誰かを知らぬ。
——『メディアの弁明』(2)

複数の声

ミシェル・ファルドゥーリス＝ラグランジュの作品の中には、いくつもの声が多層的に流れている。『メモラビリア』に付した序文の中で、ロベール・ルベルはファルドゥーリス＝ラグランジュのテクストは「ディスクールではなくむしろモノローグ、いやもっと言えば語り《レチタティーヴォ》である。したがって、ただ読むだけでなく、そのテクストを聴く必要がある」(3)と書いて、その作品の「口頭性《オラリテ》」に注意を促している。だが、モノローグという言い方には語弊がある。なぜなら、われわれの考えでは、その声は厳密に言うならば一つではなく、複数であるからだ。単に登場人物の数だけ声があるということではない。いわゆる地の文の中にさえ、いくつもの錯綜する声があるかのようなのだ。

たとえば、誰のものとも知れぬ「語りの声」の中に、突如として「私」(je)と名乗る語り手が現れる。あるいは、急にイタリック体による叙述が数段落あるいは数ページにわたって続いたり、大文字表記によるパッセージが挿入されたりする。そうしたことが、まるでギリシア悲劇の合唱団《コロス》の介入のような効果を上げ、多声性としか解釈しようのない印象を与えている。中でも、現れたり消えたりする正体不明の「私」は決定的である。この「私」は登場人物であるときもあればそうとは思えないこともあるが、いずれにせよいわゆる全知の三人称の視点で語られるベースの上に、不意に現れるその姿は謎めいているだけでなく、異様でさえある。

イタリックに関しては、『セバスチヤン、子ども、そしてオレンジ』のそれが(確証はないものの)、どうやらセバスチヤンに寄り添って語られる時にそうなっているらしいということは、第三章ですでに指摘しておいた。しかし、どんな作品においても必ずそれに類した解釈ができるというわけではなく、よくわからない場合が多いというのが正直なところだ。ファルドゥーリス=ラグランジュの世界を紹介してきた本書の本論の最後に、ここでは、そうした語りの問題を取り上げてみよう。しかし、誰のものとも知れぬ声を、どう扱えばよいのだろう。やはり、「私」に着目するほかあるまい。以下に続く本章の議論は、初期の短篇「ミルキー・ヴォイス」の一人称の語りと『セバスチヤン、子ども、そしてオレンジ』の中の突然の「私」の侵入、そして『メデイアの弁明』を順に取り上げる。あえてわかりやすいキーワードでくくれば、それぞれの議論で浮き彫りにしたいのは、「複数性の私」(「ミルキー・ヴォイス」)、「超越する私」(『セバスチャン』)、そして、「憑依する私」(『メデイアの弁明』)である。

ファルドゥーリスの「私」

本書の序論でわれわれはすでにファルドゥーリスの「私」が「今ここ」の時空に結びついていながら、同時に神話的な次元をも獲得していることを、いくつかの引用とともに示しておいた。また、第三章では、ファルドゥーリスの描き出す世界が、現実的な次元と非現実の次元とをあたかも二重写しのように共存させているようだと論じた。この非現実の次元とは、言ってみれば誰もたどり着くことのできない起源の風景であり、第四章ではそれを、「常にすでに」失われてしまった「事物の根源」としてとらえ直した。いずれにせよ、ここまでの検討で浮き彫りになっているのは、ファルドゥーリスの描き出す空間、その語りの両義性であり、重層性である。一言で言うならば、ファルドゥーリス＝ラグランジュの「声」は、「今ここ」から発せられていながら、「今ここ」を超え出るものへとつながっているのだ。ファルドゥーリスの書く一人称の「私」を追うことで、そのことをさらにはっきりとさせてみよう。

一九四〇年代頃に書かれ、後に『知られざるテクスト』や『エドムの子どもたち』に収められることになる短篇の中には、一人称で語られる作品が多い[4]。そうした「私」の中には、自伝的なレベル、日常的な生活に根ざしたレベルの「私」からとりあえず出発している場合もあれば、端から非現実的な時空に属すると思えるような「私」もある。だが、どのような場合であれ、「私」が現実のレベルに収まったままでいることはない。「私を望んでいなかった町で、私は生まれた」と一見自伝風に書き出される一篇「ミルキー・ヴォイス[5] La Voix lactée」を見てみよう。

私を望んでいなかった町で、私は生まれた。その町のあらゆる通りは、とある中央広場へとたどり着くために延びていたが、その広場を私は見ることができなかった。健全な水はかく流れ、けっして不純なものどもを覆いつくすことができなかったのだ。水は、より迅速に私を無秩序の中に運び込むために、その拡張の限界で引きさがっていた。（TI, p. 65）

いかにも精神分析的な解釈を誘いそうな書き出しであり、この続きを読んでみても確かにそうした解釈を施すことも無益ではないと思われるのだが（たとえば「私を産み落とした」「母」への言及がすぐ後にある）、ここではあくまで言葉とイメージの表面に留まりながら、この物語を読んでみよう。最初に目につくのはもちろん、自分がこの世界に受け入れられていない、拒絶されている、という自分と世界との齟齬が表明されていることである。だが、ここに二つの対極のものが対比されていることにも注意しよう。「健全な水」(les eaux salubres) に対して「不純なものども」(les impuretés) がそれだが、この続きを読んでみるとさらにはっきりする。

町の広場と見捨てられた残りの部分は対立する二つの極を占めていた。だが、その中央であらゆる試みの禁止が光線を発していた。諸要素の試みであれ、私自身の試みであれ。自然について言えば、私はそれに折に触れ興味を抱いた。だが私について言えば、私は絶えず自分の教育をしようとしてきた。歩道を軽やかに歩きながら。いつか接近不能なゾーンに滑り込めるという希望を抱きつつ。

(TI, p. 65)

「町の広場と見捨てられた残りの部分」(la place de la ville et les restes négligés) が「対立する二つの極」(deux poles opposés) を占めている、とはっきり書かれているわけだが、さらに「諸要素《レゼレマン》」(les éléments) すなわち「自然」と「私」とが対比されていることにも気づくだろう。単に自分と世界との齟齬が語られているだけではない。より意図的に二つのものの対比が描かれているのである。その上で、先ほども触れた「母」は次のように言及される。

私には説明できそうもない。どうして私の母がそちらの側にいたのか。大変な暑さの中、彼女が私を産み落としたそちらの側に。そこでもまた彼女はおそらく私の誕生に伴う不定形の物質を山のように残したのだ。そしてそれらの物質はすぐさま生《なま》の状態を採ったのだ。

（TI, p. 65）

今、便宜上「そちらの側」（de ce côté-là）と訳したが、これは「あちらの側」と訳すべきかもしれないし、場合によっては（「là」の解釈次第で）「こちらの側」とも訳しうる。これが決定しがたいのは、ファルドゥーリスのテクストが難解で意味が取りにくいという以上に、ここではそもそも「私」の存在がその両方の側にまたがっており、その存在の位置がどちらとも決めがたいからである。この「私」は、どこでもない場所で語っているのだ。「現実」の側にいるのでも、「非現実」の側にいるのでもない。その区別が無効になるような両義的な場所で語っているのである。言い換えれば（やや先取りした言い方になるが）、その私の「揺れ」こそが、このテクストの要でもあるのだ。

二つの「側」

話を戻そう。そちらの側であれ、こちらの側であれ、いずれにせよ、ここに二つの「側」が前提されていることは動かせない。こうしてファルドゥーリスのテクストは二つの世界の対比を浮き彫りにしているわけだ。ただし、この二つの世界はテクスト上対比的に言及されているが、対立しているのではない。むしろ二重写しのように共存している。そしてこの二つの世界は「私」によって結ばれているのである。むろん、その中央の広場を「私は見ることができなかった」という否定の言い方ではあるが、「いつか接近不能なゾーンに滑り込めるという希望を抱」いているのもまたこの「私」なのである。さらに「私」の誕生とともに「母」が大量の「不定形の物質」を残し、それらが「生の状態」を採ったという表現は、第四章で取り上げた「原初の母」、「事物の根源」を想起させずにはいないだろう。したがって、この短篇の冒頭部において語られているのも、おなじみのファルドゥーリスの「起源」への憧れ、失われてしまった（とはいえ、かつてそれが存在したわけでもない）「原初」への希求の念なのだと、とりあえず言ってよい。

実際、この「私」は、たとえば、「後になって、私はしばしば路面電車の橋の下をくぐることを余儀なくされた」（TI, p. 66）と書く一方で、そのすぐ後の同じページで「獣たちが間歇的に飢えにより死んでいったあれらの土地の上を私は長い間さまよった。獣たちの死はあれほどの廃れた物体で埋め尽くされた野を肥料で豊かにした」（同）と書く「私」でもある。ここにはやはり、ごく日常的なレベルで理解しうる風景と、強烈な幻視によって可能になる風景とが混在している。しかし、それらは「現実」と「幻想」のようにはっきりと区別されているわけではない。その両者は「私」によって結ばれているのであり、「私」において渾然一体となっているのだ。その先を読んでみよう。「学校でもまた、級友たちは私が来ると、私のことを死んだ目で眺めたものだった」(TI, p. 67)という一文は、疎外された子供時代を語る自伝的な叙述として、容易に日常的なレベルで解しうる。だが「私」が見ている風景はすぐに「根源的」なレベルへと降りていく。「私の周囲では、諸事物は不器用に重なり合うことをやめず、動物たちの骨格の同意とともに、入り組んだ構造を作り出すのである」(同)。

ファルドゥーリスの「私」はこうしていつも二重の世界に身を置いている。だからこそ、「級友たちの一人が、あるグループの面前で口を切り、私を糾弾した」とき、「私は喜んでいた」(同)という倒錯した状況もまた生じることになるのだ。

私が彼らの近くまでやってきたとき、その級友は私を殴った。私の鼻からは血が流れ始め、私は自分の年齢の娘たちの傷つけられた口に混ざりたい、そしてそこに大きくなった私の希望を再び見いだしたいという強い欲求にかられた。級友はそうとは知らず、私の共犯者となったのだ。彼は私のために拳や足の打撃を浪費していたのだが、その間、私の郷愁《ノスタルジー》は、優しく私を解放するそうした屈辱、そうした血と勇気の喪失からつくられていたのである。

(同)

倒錯的な心理の転換を描いたこの一節は、一見すると、屈辱的な状況からの逃避、あるいは補償作用によるものとして読むことができる。しかし、ファルドゥーリス作品に通底する主題を考えあわせるならば、そうした一般的な心理学的機構で解釈することは、読みとして底の浅いものと言わざるを得ない。ファルドゥーリスの「私」の目は常に「諸要素」、「諸事物」の根源、原初の状態へと向けられているからだ。「私」が「郷愁《ノスタルジー》」を感じていることに注目すべきだろう。決して帰りえない「原初」の状態への憧れがここに「ノスタルジー」の語を呼び出しているのである。

> そうしたわけで、犯罪を企んでいたこの学校の存在の前で、私は大罪を受け入れながら、ひざまずいたのだ。私はそこ（より深いイニシエーションへの先ぶれ）を通らなければならなかった、この最初のトラウマを通らなければならなかったのだ。このトラウマは私の誕生を後の私の欲望へと結びつけていたのである。級友の靴に埋め込まれた砂粒はいくつかの新しい道を切り開いていた。それが私の目に染み込んでくるやいなや、私は恐るべき自分のチャンスがなおいっそう近くにあると感じた。
>
> （TI, pp. 67-68. 傍点引用者）

このエピソード自体は、もしかしたら悲しい少年時代の思い出なのかもしれない。しかし、ここではないもうひとつの世界、決して帰りえない「原初」の状態、そこへ至る「いくつかの新しい道」を看取するための試練として、どこまでもファルドゥーリス的な語彙によってこの出来事が語り直されていることがよくわかるだろう。

「私」の側＝死者の側？

ところが、話はここで終わらない。この級友は、続く数行後に路面電車にひかれて命を落としてしまったことが語られる。「その後、私はこの同じ級友が路面電車の下敷きになったことを知った。彼は吊り橋の冷たさのもとへと行ってしまったのだ。要するに、私の側をさまよいに行ってしまったのだ。自らの軽率さに従って」（TI, p. 68）。

またしても「側」である。しかし、「私の側」（de mon côté）とは何だろうか。まるで「私」が死者の側にいるとでも言うようではないか。もちろんこのテクストにおいて「私」が死者なわけはない。「私」は彼を死者として見送っているからだ。しかし一方で、彼にできたのは「私の視点を採用すること」（adopter mon point de vue）だけだったという趣旨の一文もそのすぐ後に続く。「私の側」といい「私の視点」といい、一見すると、「私」がどちらかの側に確固たる地位を占めているかのように見えるが、ことはそう単純ではない。「彼は吊り橋の冷たさのもとへと行ってしまったのだ（il est allé rejoindre）」（傍点引用者）という言葉遣いは「私」があくまで〈こちら側〉から見送っていることを示唆する。しかしそれは「要するに、私の側をさまよ」うことでもある、というのである。一体「私」はどちらにいるのだろう。「私の側」へ「来る」のならわかるが、「私の側〔へ〕行ってしまった」（傍点引用者）という言い方は、普通は矛盾している。この矛盾は、しかし解消する必要はない。こうした言葉遣いからわかるのは、むしろ、此処と他処、此岸と彼岸の二つの時空に属する「私」の両義性である。「私」はあえて宙吊りにされている。この「私」の二重性、両義性にこそ目を向けなければならない。はっきりしているのは、この「私」の語っている場所がどちらとも定め難いということである。「現実」の場所にいる「私」が何か夢想めいた郷愁に誘われ、詩的な言葉で幻想を語っているということではない（ファルドゥーリスの文章は、そうしたわかりやすく感傷的な営みからは可能な限り遠いところにある）。ここにいるのは、「現実」の「私」ではなく、どこでもない場所から語る「私」なのだ。そして――ここでもまた先取りして言えば――そのことは「書く」という行為によってのみ可能になっているのである。言葉で書かれたテクストというこの「場所」でしか、そんな「私」は現出しえないからである。このテクストにおいて、ファルドゥーリス＝ラグランジュのエクリチュールは、どこでもない場所から語る「私」を俎上に乗せるために機能しているのだ、と言ってよい。

　ところで、この死んだ級友と「私」との関係はどのようなものであるのだろう。少年時代の級友の死と言えば、本書の第三章で取り上げたファルドゥーリスの実体験に基づく物語『ベノーニの時に』がすぐに思い浮かぶ。このベノーニが典型であったように、ファルドゥーリスの物語では、死者はいつも親しい者として現れる。もう少し正確に言えば、死んだ者は自分に親しい者、自分の側にある者として語り手によって描かれる。すでに見たように、この短篇「ミルキー・ヴォイス」においてもそれは変わらない。死者が「私の側」として描かれているのだから。しかし、「彼の死はより広範な悲劇的な終わりを何一つ引き起こさ」ず、「町は同じような存在たちによって埋め尽くされていて、彼らのうちの一人が姿を消しても、ほかの者たちの幸せが、一時的に乱された波をまた元の状態に戻す」（TI, p. 68）のみだという。しかし、この死はなぜか「群衆」を引き起こす。彼の死を「群衆」が包むのである。そして、この「見知らぬ者たちの群衆」は、「私の側」にも「溢れ出」ないでは済まないのだ。

　果たしてそれがシグナルだったということなのだろうか。そして見知らぬ者たちの群衆が柵を乗り越え、私の側へ溢れ出たということなのだろうか。そうでないなら、この爆発する大群をどう説明すればよいのだろう。大群は塊ごとにみっしりとした列をなして進んでくる。私は勘違いしていたかもしれない。そして、これらの現象をある係争の終わりとして解釈していたかもしれない。だが私には純真無垢が欠けていた。

(TI, pp. 68-69)

「私」もまた群衆に巻き込まれる。群衆が「私」を揺さぶるのだ。「崇高さの限界において突如として生じた」「わが級友の死」は、「群衆の側のすばやい操作」によって、簒奪され、「儀式に差し出」される一方で、「私」は「町の広場」へのアクセスを獲得する。

私の想像力は、人々が何の防御もなく放置してあった町の広場にはるかに匹敵していた。私は自分の猥褻さをもってその生き生きとした砂漠に侵入して行った。突然、私は一切の重要性を奪われた存在になった。そして恐怖の中で、私は自分の期待と笑いを引き延ばすのだった。

(TI, p. 69)

ここで起きている事態が一体何なのか、正直、よくわからない。だが「私」という主体の何らかの変容、あるいは主体への揺さぶりが描かれていることは確かだろう。「突然、私は一切の重要性を奪われた存在になった」とは、大げさに言えば、主体の消滅の危機ではないだろうか。しかし、ここで主体が群衆に飲み込まれて消滅してしまったというようなことが言いたいわけではない。そうではなくて、この短篇の中に、「私」という語り手のさまざまな「揺れ」、その曖昧さや不安定性という主題が見え隠れしているのではないかと言いたいのである。ファルドゥーリスにおいて、「大切なのは存在のさまざまな谺《エコー》を捕らえることだ(6)」とユベール・アッダッドは言っている。すでに「私」が、此処と他処のどちらでもない場所で語る両義的な存在だということは指摘しておいた。それに続いて、ここで起こっているのは、「私」という存在がさらにお流動しているということである。その不安定の状態をやめないということである。「私」は決して「どこでもない場所」なるところに安住しているのではない。むしろ「どこでもない場所」とは不安定の極み以外の何ものでもないだろう。「書いている私」の位置とは、そのような不安な、危険な場所なのだ。「私」は危険のないある種の高みから見物しているわけではない。むしろ「冒険者」である。

高熱の炉は炎に包まれた。市場も教会も同様で、群衆の進みを照らし出していた。一方、私の反応は強い風によって勇気づけられていた。私は冒険に賭けた。この群衆と死者との出会いの緊急性に賭けたのだ。だが、群衆は屈辱的な変節《パリノディア》に引きずられ、より大きな正確さが欠けていたために、ただ肉の切れ端を死者から引き剥がすのみだった。（同）

繰り返して恐縮だが、ここで起きている事態が何なのか、実を言うとさっぱりわからない。けれども、ここには――おそらく本来の文脈を超えて――、どこかしら「書く」という困難に立ち向かっている「私」を思わせるところがある。詩を書くということは、むろん何かを表そうとすることだ。しかし、言葉は宿命的に不完全なものでしかなく、何かが過不足なく表されることなど決してない。だからこそ書くことは賭けであり、詩は――いくばくかの僥倖に頼る以外――宿命的に敗北に終わる。「私は冒険に賭けた。この群衆と死者との出会いの緊急性に賭けたのだ」。これを「書く」ということが孕む不安な内実に重ね合わせれば、この一節はまさに「書く」という「冒険」に身を投じた「私」の「賭け」とその失意、その苦難（「群衆は屈辱的な変節《パリノディア》に引きずられ、より大きな正確さが欠けていたために、ただ肉の切れ端を死者から引き剥がすのみだった」）を表したものに見えてくるのである。

「私」の複数性

少し強引に読みすぎているだろうか。しかし、たとえこの一節のこうした読みが、やや牽強付会だったとしても、とりあえずここに「私」の何らかの試みとそれを阻むものという構図が描かれていることは変わらない。そして、あえてここに言葉による表現（＝書くこと）の試みとその挫折という寓意を読み込むことへと誘われるのは、この一節がこんなふうに続くからなのだ。

> 夕闇が落ちる頃になってようやく群衆は打ち負かされ、その出発点へと整列して戻っていった。墓のない冒涜の痕跡を残しながら。さて、後になって、私はこの突飛さの真の性質を以下のように理解したのである。（同、傍点引用者）

つまり、語り手はこの出来事をもう一度語り直そうとするのである。そうして語りが違う角度からなされようとしている。ここで起きていることは、「私」の分岐である。あるいはより正確に言えば、「私」が複数の声を持ち得ることの例示である。「Et voici comment plus tard j'ai...」（さて、後になって、私は……）との導入を受けて、二ページ弱ほどの、「空の鳥たちと野の百合たち」と題された、散文詩とも何ともつかないテクストが挟まれるのだが、そのテクストがさらに輪をかけて難解なものであることはどうでもよい。イタリックによるこのテクストが終わった直後の言葉が重要である。

> 私が非難されるかもしれないこと、それはこの報告の不正確さだ。（TI, p. 71）

語り手は一度語った後、さらに「後になって」訪れた理解をもう一度語る。しかしそれもまた不十分であることを自覚している。書くということ、言葉によって表現することは、常に「不正確さ」(l'inexactitude)から逃れられないのだ。ここには、書くことの不完全さという主題が含まれている。

だが、それだけではない。ここにある「語り直し」とは、とりもなおさず語る「私」の複数化にほかならない。

散文のテクストに別の種類の語りが挿入される。それ自体はさほど珍しいことではなく、小説などではごく普通に見られる手法だ。だが、ここでは「私」による語りの中に、誰か他人の手記や文書の類ではない、同じく「私」による語りが嵌入されている。ここに示唆されているのは、「私」の見方、「私」の語りは一つではない、ということだ。言い換えれば、ここで紛れもなく「私」は分岐し、複数化されている。まさに「存在のさまざまな谺《エコー》を捕らえる」ことが試されているのだ。同じ短篇中、やや離れたところに「こうして私は自分の顔を失い、そしてそれを再び見いだす」(TI, p. 79)とある一節は、したがって、この上なく示唆的なものとして読まれねばならない。「顔」が主体の同一性の謂いであるとすれば、それは失われたり、再び見出されたりするものだ、とそこでは言っているからである。

この短篇に「声《ヴォワ》（voix）」という語は、実は一度も出てこない。ただ、このタイトルの言葉遊びの元になった「天の川《ラ・ヴォワ・ラクテ》（la voie lactée）」の語が一度出てくるのみである（TI, p. 75）。それを除けば、そもそもなぜこの短篇が「La voix lactée（天の声）」と名付けられているのかすら、よくわからない。タイトルと中身に関連がない（少なくとも見えない）ということは、ファルドゥーリス＝ラグランジュにあってはさして珍しいことではないが、(7) しかし、このテクストに関して言うと、これは無償の言葉遊びではないだろう。「私」の分裂、複数化を主題とするこの短篇は、「声」の語を冠することがふさわしいという判断が、無意識にせよ働いていたと見るべきではないかと思うのである。

『垂直の声』と題された本で、声なきものに語らせる手法「プロソポペイア」に焦点を当てたブリュノ・クレマンは、「声は必然的に複数なのだ(8)」とほぼ断定するように述べている。声はなぜ「必然的に複数」なのか。クレマンの議論と完全には重ならないかもしれないが、ここでわれわれの考えを言えば、声は「私」のものだからである。どういうことか。

声の裏には必ず語る「誰か」がいる。言い換えれば、声は必ず誰かの「私」のものだ。語る者は常に「私」（それが仮構的なものであれ）として語るのであって、発話とは、そのほかのものではない。ところで、エミール・バンヴェニストの指摘を俟つまでもなく「〈私〉とは、〈私〉と言う者のことである」[9]。それはつまり、誰でも「私」の位置を占めうるということだが、裏を返せば、人は「私」と言うことによって「私」になるのである。「私」とはいわば誰にでも開かれた人称であって、「私」と言う前は誰もまだ「私」ではない。禅問答のようだが、ここに「私」という表明の孕む複数性の本質がある。人が複数いれば、声が複数あるのは当然のことだ。そうではなくて、かけがえのないこの「私」そのもののうちに複数性が宿っているのである[10]。モーリス・ブランショは、「言葉を話すということは、その働きのなかに、ある本質的な二重性をつねに稼働させることであ」る[11]と書いているが、それは、人が話すときにその都度「私」になるからではないだろうか。むろんこの「私」は話すまでもなく「私」である、と普通、人は思っている。だが「私」と語り始める時、われわれはその語りの中に自らを沿わせるのである。あるいはその声に自らを乗せ、共振《シンクロ》するのである。「私」という語りの中には、同一性とともに、そのような二重化が含まれている。「私」が「私」と語る前にほかの何かであったわけではない。だが、「私」は常にそうして二重化しつつ存在するのだ。

ファルドゥーリスに話を戻そう。『知られざるテクスト』に収められた別の短篇「初めての婚姻のための歌」は、「私」とその分身とも見える「わが許嫁《いいなずけ》」(ma fiancée)について書かれた三ページほどの短いテクストだが、そこでもまた「顔」の交換が語られている。

> わが許婚は私にぴったりと張り付き、私はその顔を私の顔のすぐ近くで見分ける。だがその顔は私たちを殺すかもしれない完璧な一致からは逸れていく。〔……〕わが許婚の顔は、次の瞬間、私の顔になる。そして、それが私の初めての婚姻の裏切りなのだ。無為の極みで溶解した永遠にして暗黒なる、とある許婚のこの存在が。（TI, p. 19. 傍点引用者）

最終行の一文からは、この「許婚」が幻だったかのように読めるが、だとしたらなおさら、ここに描かれているのも「ミルキー・ヴォイス（天の声）」同様、主体の分岐であり、複数化であるだろう。そのことが、いわば「顔」の比喩で語られているのである。語る者には声があり、顔がある。だとするなら、「顔」の交換可能性は「声」の交換可能性でもあるだろう。いずれにせよ、ここに描かれる「顔」の交換もまた、「私」として語ることのうちに潜む、ある本質的な複数性に触れているのではないだろうか。

ジャムの瓶を窓辺に置く「私」

「私」という表明は、「私」の同一性を保証しない。「私」が指し示すものはその都度一回的だからである。もう一度バンヴェニストを引けば、「〈私〉とは、〈私〉という語を含む当該の言説を発している人物を意味している」[12]に過ぎない。

だとすると、作中で突然「私」と名乗る人物が語り始めたときには、どういうことになるだろうか。登場人物のセリフの話ではない。いわゆる地の文に出てくる「私」のことである。たとえば『セバスチヤン、子ども、そしてオレンジ』の中で、突然「私」が介入し、読んでいる者が戸惑う、というときに起こっているのは、そのような事態だろう。

その「私」の出現は、第一部の終わり近くにある。[13]第一部の最終章である第五章の半ば、まずは「私たち」という集合的な一人称が使われた後（「私たちの言語は規約的なものだ」という一節であり、これはまだ一般的な、いわば修辞的な一人称と捉えてもいいだろう。いろいろ問題はあるにしても）、その次の段落で、いきなり日常的な文脈を思わせる「ジャムの瓶」とともに「私」が登場するのである。


夏、ハエたちがジャムの瓶の匂いにつられてやって来る。私がその瓶を窓辺に置いたのだ。子どもの手が届かないように。言いにくい話だ。なぜなら、子どもはまず腕を失い（その間、ミラベルの上に雨が降った）、それからタンスの着物の中に頭を埋めた。悲嘆に暮れた人間が感じるすべてのことが、彼にとっては白いシーツや布の類になった。包帯も含めてのことだ。というのも、子どもは、続いて足を失ったからだ。それは恐ろしい眼球突出症の後の平

和だった。視神経が切断され、死んだ目は長い間テーブルの上に放置された。(S, pp. 53-54)

日常的な文脈で、と言ったが、それは最初の三行(原文で)を読んだ限りの話である。続く件は、もはや現実か非現実か区別がつかない。

この「私」は誰だろう。「子ども」とあり、ジャムの瓶を窓辺に置くという行動から、まずは直感的に母親だと思う。物語の中に確かに母親は登場している。セバスチヤンとバルヌーの母ウージェニーである。実際、第五章のここまでの件——そしてこの後の件も——は、この母子三人のことを語っている。ならば子どもはセバスチヤンかバルヌーか。しかし、セバスチヤンが知的障害児だとしても、手足を失ったとは(ここ以外)どこにも書いていない。それをうかがわせる記述もない。ついでに言えば「眼球突出症」(exophtalmie)なる語も初出である。

しかしそれでも、その少し後の段落で、「続いて私は、おまえの口を開かせ、無理矢理に甘い食べ物を押し込もうとした。だが、おまえは歯を食いしばった」(S, p. 54)とあるから、やはり母のイメージは抜きがたい。ではやはり、これは母ウージェニーであり、「子ども」とあるのはセバスチヤンかバルヌーなのだろうか。この母子三人を語る第五章全体の文脈からも、そう解釈するのが自然なようだが、一つ引っかかるのは、「子ども」がl'enfantと単数であることだ。これではどちらの子どもか判断がつかない。それに、そもそもセバスチヤンとバルヌーは、この母から見て、「子」ではあるものの、年齢的に「児童」であるとは、この小説のどこにも書いていないのである。むしろ大人に近い年齢であることも考えられるのだ。だとするなら、この母らしき人物は誰なのか。子どもとは誰なのか。すると、別に思い浮かぶことがある。この小説の中で、定冠詞つき単数でただ「子ども」と呼ばれる人物がいることである。ほかでもない、タイトルにまでなっている「子ども」である。この「子ども」とは、列車から落ちて亡くなってしまうあの子ども、オラスにほかならない(本書第三章参照)。ならばこの母はオラスの母親だということになるのだろうか。そうして、よく読んでみると、確かにこれに先立つ部分では、「コンパートメントの女」なる人物がバルヌーに時間を尋ねている。この女が何者であるかは不明瞭で、バルヌーと自然に会話していることから、一瞬バルヌーの母ウージェニーであると解したくなってしまうのだが、しかし一方で、確かにこうも書かれているのである。「コンパートメントの女はオラスに似ていた」(S,p.53)。

母なる「私」から超越的な「私」へ

だとすると、ここで「コンパートメントの女」、すなわちオラスの母が突然「私」として語り始めたことになるのだろうか。子どもとはオラスなのか。いや、子どもが――その用語法から見て――、オラスであることはほぼ確かだとしても、果たしてこの「私」はその母なのだろうか。

そもそもオラスもまた腕や足をなくしてはいない。だがオラスならば、列車から転落したあと、そのような状態になったと考えることができる。もちろん、いくつか辻褄の合わない点(「眼球突出症」「死んだ目をテーブルに長い間放置」など)があることも事実だが、これがオラスだと考えることができるのは、定冠詞つき単数のその用語法以外に、死後の世界のオラスの身体だとすれば、全体的に納得しやすい点が多くなるからだ。と同時にそれは、一気に現世から離れた超自然的な、もっとはっきり言ってしまえば、神的なニュアンスをこのページに付与することになる。

毛織服の何という喜び! おまえのそのか弱い身体《トルソー》を包むがいい。母のような世話がお前に与えられるだろう。太古から洞窟の中に幽閉された、ワイン樽に囲まれ、汚れて強張った髪をした一人の巫女によって。おまえは子どもだ。象徴的なミイラの子どもだ。風が回転させる彩色された大きな目でじっと見つめ瞑想するミイラの。(S, p. 54)

死後のオラスに語りかけているこの「私」は、もはや現世でのオラスの母ではないだろう。もちろんそんなことは百も承知で、超自然的な次元へと転移された母を考えることも可能なのだが、それにしてもこれはもう、そうした母の次元を超えて神的な領域を考えた方がよさそうだ。子どもの口に食べ物を押し込む母のような身振りが見られるとしても、それもまた神の御業だとすれば不自然ではない。何よりもこの荘厳なトーンが、それを証しているのではないか。だとするならば、この「私」は、超越的な「私」とでも言うべきものだということになるだろう。ところで、神話とは、超越的な者たちの物語にほかならない[14]。ファルドゥーリスにおける神話への依拠は、超越的なものへの依拠でもある。ここに見られる神的なトーンと相まって、ここでは「私」が、超越性として現れているのだ。

どうしてこんなふうにおまえを、ぼろをまとった体で、こんなふうに、爪の剥がれた姿で、頭蓋の中がぐちゃぐちゃになったおまえを、見ているのか。おまえのために、われわれは牛と雌鹿の皮を剥いだ。ほかの神々たちと並べて。どうかおまえが享受できるように……。（同）

この「おまえ」が列車から転落したオラスであり、語っているのが何らかの超越者であるとすれば（「見守る母」のようなイメージは依然残っているものの）、この一節は確かに理解しやすくなる。「ほかの神々たちと並べて」（à côté d'autres divinités）という表現がずばり指し示しているように、ここには、はっきりと神話的な次元が刻み込まれている。つまり、ここで「私」が語り始めることで、日常性が、ではなく、むしろ超越性が導入されているのだ。そこにファルドゥーリスの「私」の特異性がある。

この「私」が単なる登場人物ではないことは、実は、数ページにわたる「私」の語りが終わるところまで読めば、もっとはっきりする。この「私」による一連の語り（とは言えそれがどこから始まりどこで終わっているのかは必ずしもはっきりしない――いやはっきりさせる必要もない――のだが）を、とりあえず締めくくるであろう一文は次のように終わっている。

歌声に伴って列車の最後の拍節《カデンツァ》が響く。女王たる惑星が瓦礫から飛び出し、列車を照らしている。ほかの星座たちは記憶の中に消え、空間は孤独で冷たい。だが、後ほど女たちの第二の青春がやってくるだろう。

(S, p. 58)

ここで不意に現れる「女たちの第二の青春」という謎めいた言葉は、実はこの小説『セバスチヤン、子ども、そしてオレンジ』の第二部の後に来る章のタイトルなのである（ただし、ここ以降は数字が振られていない）。したがって、「後ほど女たちの第二の青春がやってくるだろう」(il y aura plus tard une seconde jeunesse des femmes) という言葉は、この小説の後半で、「女たちの第二の青春」と題される章がくることになるだろう、と読めるのだ（章タイトルとしては「La seconde jeunesse des femmes」と定冠詞に変わっているが)。ならば、このような宣言をするこの「私」は「作者」なのか。[15] 少なくとも、あたかも「作者」のような立場に身を置こうとする何者かということになるだろう。だが、そう断言することもやはり難しい。なぜなら、「作者」(あるいは作中人物ではない語り手であっても同じことだが)には、物語世界の中の窓辺にジャムの瓶を置くことはできないからだ。それができるのは作中人物だけである。おまけに、この「私」は、作中人物たちと一緒に列車に乗っているかのようにも見える。「私たちは少しずつ列車の速度から置いていかれている。私たちの自由は共時《シンクロ》しなくなる」(S, p. 56)。

結局、この「私」について言いうるのは次のことだけだ。さまざまな位相をその一身に兼ね備えた超越的な存在であるということである。列車に同乗する登場人物の一人に仮託された「私」のように語り始め、死んだ者の世界を幻視する超越者のような厳かな口吻で語り、そしてあたかも「作者」であるかのような「予言」を口にする。「作者」もまた一種の超越的な審級であることを思えば、ここにあるのはやはり、「私」と何らかの「超越性」との結びつきであるだろう。

「今ここ」を超えて

この数ページにわたる箇所において、「私」の身振りが、「ジャムの瓶」に象徴される日常性に強く結びつけられていることは事実である。そもそもこの「私」が突然出現したのも「ジャムの瓶」を含む文からであり（「私がその瓶を窓辺に置いたのだ。子どもの手が届かないように」）、その後も、「ジャムの瓶」をめぐる「私」の具体的身振りは時折顔を出す。しかし、この「日常性」もまた非現実の世界と表裏一体なのだ。いわば日常からの跳躍を行うために置かれたジャンプ台のようなものなのである。

私は手を伸ばす。その手はジャムの瓶に近づくにつれて肥大する。それは巨人の手だ。その手でもって私は大きな瀉血の血を止めることができたのだ。（同）

身振りとして具体的ではあるが、しかしこれが単なる現実を写したものでないことも明白だろう。ファルドゥーリスの「私」には、いつも「今ここ」の現実を超えた次元が含まれている。一段落置いて現れる次の箇所も同様である。

私は窓辺に瓶を置く。すると瓶は滑り、私は独りごちる。大地が動いているのだ、と。（同）

ブリュノ・クレマンは、「声のうちには何かしら人間性を指し示すものがあるのだが、しかし同時に、そこには人間性を超え出る何ものかがある」[16]と書いている。「私」が「おまえ」に語るというここでのファルドゥーリスの対話型の発話の中に、はっきりと「声」が聞き取られることは言うまでもないが、仮に人間的でありながら人間性を超え出る声があるとしたら、ここでのファルドゥーリスの声がまさしくそれだろう。それだけではない。ファルドゥーリスにおける「超越性」が、常に「私」として語るときに同時に現れるのだとしたら、そこにはとても興味深い、いわば逆説的な関連性があると言えるのではないだろうか。

われわれは本書の序論で、ファルドゥーリスの「私」は、「今ここ」の日常的な次元に結びついていながら、神話的な次元とも交流している、そこにファルドゥーリスの特徴がある、と書いた。もしこれが、「私」にもかかわらず、ではなく、「私」だからこそ、だとしたらどうか。ブリュノ・クレマンの言う「垂直の声」が、ファルドゥーリスの「私」において、まさに働いているのではないだろうか。

クレマンの言う「垂直の声」は、ある種の「超越性」の声だと言っていい[17]。「私」が語るとき、同時に何者かが「私」において語っているのである。少なくとも、文学テクストにおいて「私」による叙述が行われる時、そう言いたくなるような機構が働いているように思われる。「超越性」とは究極の他者である。しかし「他者が語るときには誰も語っていない[18]」と「中性的なもの」をめぐる論考の中でブランショは言った。ならば他者をして語らしめるには「私」が語ればよい。むしろ他者は「私」とともに語り始めるのだ。ファルドゥーリスの「私」はそんな

「私」である。「中性的なもの」としての語りの声を論じるブランショの議論はファルドゥーリスを射程に収めたものとも、また一人称の「私」に焦点を定めたものとも必ずしも言えないが、しかし、ブランショの言う「語りの声」が「語り手の声」ではなく（この区別は重要だ）、語り手の語りと同時に発生しながら、「作品の中に位置を持たず[19]」、「根本的に外的であり[20]」、「常にそれを発する者とは異なって[21]」いる、と言われていることから、安易な連想であることは承知しつつも、ここで「語り手の声」と重なって響く「もう一つの声」（すなわち「垂直の声」）を想起することも許されるのではないかと思うのである。

「私」ではないものになるために「私」と書く

もちろん、ブランショの「語りの声」は、一人称の語りについてのみ言われていることではない。むしろブランショが論じようとしているのは「il（彼＝それ）」の主題であって（ここで問題にしているブランショのエッセイの副題は「『彼』、中性的なもの」である）、いわゆる三人称の語りを前景化しているものと思われやすい。ただし、もしそう受け取るとすれば、それは誤解であって、ブランショは三人称の語りだけを特に問題にしているわけではない[22]。むしろ一人称の語りによるマルグリット・デュラスの『ロル・V・シュタインの歓喜』の中に、ブランショは「作品の中に位置を持た」ない「語りの声」を聞くのである。すなわち、一人称の中にこそ「作品の中に位置を持た」ない「語りの声」は聞き取られるのだとさえ思いたくなるのだ。なぜなのだろうか。ここで、またしてもブランショの議論からは逸れてしまうかもしれないが、われわれの考えを言えば、語り手を前景化しない、いわゆる三人称の語りの形式では（少なくとも伝統的な小説の慣習を能う限り尊重したなめらかな語りの場合には）、「非人称性というたんなる安全地帯[23]」に主体を温存するだけになるからだ。

「どんな語りも定義上、潜在的に一人称で行われる[24]」というジェラール・ジュネットの言葉を引くまでもなく、語り手のいない物語は存在しない。問題はその語り手が「私」と名乗るかどうか、そして登場人物の一人であるかどうか、である。語り手が登場人物ではなく、「私」と名乗らないのが、いわゆる「全知の語り手」であり、「三人称の語り」なのだが、その場合、誰がいったいどのような資格において語っているのかという問題は、いわばカッコに入れられ不問に付される（つまり「安全地帯」に置かれる）。「私」が語るときに常についてまわる、「私」の声に先行する声、「私」とともにあり、「私」なしでは存在しないにもかかわらず、「私」を駆動し、「私」に優越するあの声を響かせるには、「私」として語ることが必要なのだ。言い換えれば、「私」が「私」でないものになるためには、「私」として語らねばならないのである。ここに「私」という擬制（文学テクストにおいて、それは常に擬制である）において語ることの深い逆説がある。

ブランショの論考を訳した郷原佳以は、その解題の中で、いみじくもこう記している。「むしろブランショが示唆しているのは、『侵入者』のような語り手なしには、『不可能な語り』から『語りの声』を聞くなどという逆説は可能にはならなかったということではないだろうか[25]」。これは一人称の語りの中でこそ（あの「外的」な）「語りの声」は聞き取られると言っているに等しい。ここで「侵入者のような語り手」と呼ばれているのは、『ロル・V・シュタインの歓喜』の語り手のことだが、ファルドゥーリスの突然現れる「私」もまた——というかこの「私」こそ——、位相は違えど、紛れもなく「侵入者のような語り手」であろう。

外的な「語りの声」

もう一度強調しておくが、先ほど見たファルドゥーリスのテクストにおいて、「私」が「おまえ」に語るという、一人称－二人称の関係性が呼び込まれたその途端に、超越する声（すなわち第三項としての「彼」、三人称にして非人称である「il」）が、同時に語っているということは示唆的である。

バンヴェニストは、直接的な発話の審級に強く結びつけられている一、二人称から三人称を峻別し、三人称は発話に関わる特定の「人物（personne）」に対応しない以上、厳密には「人称（personne）」ではなく、一種の「非＝人称（non-personne）」であるとした[26]。つまり一－二人称と三人称はまったく別物だというのである。しかし、そうだとしても、何らかの超越性がそのままで――そのものとして――語るなどということは不可能である。超越性はいわば一人称とともに、あるいは「我と汝」のこの一‐二人称の場の生起とともに起動するのではあるまいか[27]。ジル・ドゥルーズは『批評と臨床』の中でこう言っている。「文学は、われわれから〈私〉と言う能力を奪い取るような第三の人称がわれわれのうちに生まれるとき、はじめて始まる[28]」と。しかし、この「第三の人称」に語らせることはできない。この直接には決して語ることのない者のために、われわれは「私」として書くしかない。「われわれのうちに生まれる」この「第三の人称」は、われわれと共にしかない。ファルドゥーリスの一人称は、この第三の人称を引き連れて立ち上がるのである。バンヴェニストは、あたかも誰も語っていないかのようないわゆる三人称の小説の形式を「出来事が自分自身を語っているかのよう[29]」と形容したが、初めから三人称でしか語られていない場合には、語り手の声に先行し、語り手を駆動するあの「根本的に外的」な声は、「非人称性というたんなる安全地帯」の中に巧妙な仕方で覆い隠されてしまう。むろんそこにも「語りの声」はあるのだが、書き手がいわゆる三人称の叙述という小説の慣習によりかかってしまっている場合には、そこに「語りの声」と「語り手の声」との緊張関係を見出すことは難しい。「私」が「おまえ」に語りかける――しかもこの「私」は、列車から転落し手足をなくしたオラスに語りかける、「超越者」である――というこの叙述の態勢には、二重の意味で緊張が走っている。一人称‐二人称の関係が立ち上がれば、その裏で同時に強く意識されずにはいない三人称

＝非人称との緊張関係、そして、自らを超越者に擬する「私」とさらにそれを導く「垂直の声」との緊張関係。作品の中のどこにも存在しないが、しかし作品がなければ存在しない、あの「語りの声」が響く瞬間が、あたかも具体的ドラマとしてここに立ち上がっているかのようなのである。

ドゥルーズの『プルーストとシーニュ』の中にこんな一節がある。「われわれに暴力を加えるものは、われわれの積極的な意志と、注意をこめた仕事のあらゆる成果よりも豊かである。そして、思考よりももっと重要なものとして《思考させるようにするもの》が存在する」[30]。思考よりももっと重要なものである「思考させるようにするもの」、これが、ブランショの言う「語りの声」と同じものだとは言わない。だが、私たちが語っているとき、常に私たちの声に先行し、私たちの声を二重化する「もう一つの声」(クレマン)があるとしたら、私たちを語らしめ、〈私たちにおいて語っているもの〉があるとしたら、それはここで「思考させるようにするもの」[31]と呼ばれているものときわめて近い、少なくとも何か平行的な関係が見られるものと言ってよいのではないだろうか。

『セバスチヤン』の超越する語り手は言う。

私はもう収縮する時間の中で得られた私の印象を打ち明けることができない。もう誰にも元来た道を引き返す勇気などない。われわれを導くこの狂気に逆らって進む勇気などない。

(S, p. 56)

「われわれを導くこの狂気」(cette folie directrice) と、どこで語っているとも知れないファルドゥーリスの「私」が言うとき、少なくとも彼は、自分を語らせるようにしているものがあること、そしてそれが「狂気」と呼ぶにふさわしいものであることを知っているように思われる。

狂気と憑依――『メデイアの弁明』

文学テクストにおける「私」は常に擬制である、と先ほどわれわれは書いた。少なくとも虚構のテクストにおいて「私」と書くことは、「私」ではないものになることだ。いや、極論すれば、あらゆる叙述において、人は「私」と言った途端、「私」ではないものになる。それは言葉の持つ宿命的な「虚構性」のゆえである。「言葉を話すということは、その働きのなかに、ある本質的な二重性をつねに稼働させることであ」るというブランショの言葉はすでに引いた。人は「私」と言うことによって「私」になる。が、それと同時に、「私」と書くことによって「私」ではないものになるのである。それは矛盾ではない。同じことの裏表である。ここに示唆されているのは、「私」として語ることが、一種の「憑依」であるという構造にほかならない。クレマンの言う「プロソポペイア」が、単なる文学上の一技法である以上に、人間の言語活動（ひいては思考活動）のすべてにかかわる、ある本質的な比喩形象と見做しうる所以である。

プロソポペイアとは、クレマンに沿ってごく簡単に定義しておけば、「不在の者――死者や架空の人物、超自然的な存在や無生物など――を呼び出してそれらに声を与え、語らせる比喩形象《フイギユール》」である。ところで、ファルドゥーリスの『メデイアの弁明』は、まさにギリシア神話の王女メデイアの一人称によって全篇が語られている物語である。

> 私はヘリオスの孫娘にして、わが叔母キルケと同じく魔術を使う女である。噂によればキルケは私の母だったとも伝えられる。あるいは催眠術師ヘカテだったとも。こうした血のつながりは私をがんじがらめにし、ともに振動している。私はかくして生れ落ちたときから守られていた。そのことが私の人生にいくらかの影を投げた。（AM, p. 7）

巻頭に置かれたこの言葉から最後まで、いわばこの作品全体が一つの長大な「プロソポペイア」になっているのである。(32)

イアソンへの恋に狂う魔女メデイアの物語は、ギリシア神話の中でもよく知られたものの一つだろう。コルキスの王女メデイアは、金羊毛を求めてアルゴ船でやってきたイアソンを一目見て恋に落ち、自分と結婚することと引き換えに彼を助けて金羊毛を手に入れさせる。メディアの父であるコルキス王アイエテスは、宝物を奪って逃げるアルゴ船を追いかけさせるが、メディアは人質として連れていた弟のアプシュルトスを殺し、その体を切り刻んで海にばらまく。そのため追跡船は攪乱されて遅れ、イアソンとメディアは逃げおおせる。ところで、そもそもイアソンに金羊毛を取ってこいと命じたのはイオルコスの王ペリアスであったが、それはイアソンを追い払おうとしたペリアスの陰謀だった。メディアはペリアスの娘たちを騙してこの父王を鍋で煮て殺させる。イアソンとメディアは逃亡しコリントスにたどり着くが、やがて時を経て、イアソンが自分を裏切り、クレオン王の娘グラウケと結婚しようとしたため、メディアは毒を染み込ませた衣装を贈り、父クレオン共々グラウケを焼き殺す。この時メディアはヘラの神殿でイアソンとの間にできた実の子たちまで殺害したという（メディアが子どもたちを殺したと書いたのはエウリピデスが最初であって、もともとの言い伝えではコリントスの人々が石を投げて殺したことになっている[33]）。

恋のために弟を八つ裂きにし、恋敵を毒の炎で包んだ激しすぎる情熱を持つメディアが自らの声で「弁明」する、それが文字通り『メディアの弁明』である。言うまでもなく、どのような語り手もメディア自身ではありえない以上、これは形式としては一種の「憑依」、いわば巫女《いたこ》の「口寄せ」のようなものということになる。

コルキスから逃げ出す時、私は弟のアプシュルトスを犠牲にすることをためらわなかった、と人は言う。父の追跡を遅らせるために、その若い体を刺し貫き、手足を海に投げ捨てることをためらわなかったと。だが私のほかに一体誰が感じ取れただろう。この行為が原初(l'origine)からすでにヴェールで覆われ、言葉で言い得ぬ(indicible)ものとなっていたことを。

(AM, pp. 18-19)

メデイアの語る「弁明」は、ただの自己正当化ではない。ある意味ではすでに狂っていると も言えるが、彼女はこの世界ではない別の世界を見ているのだ。「おお! 大いなる〈一者〉(l'Un)の完全無欠さよ」(AM, p. 19)と叫ぶ彼女の論理によれば、その行為は弟を神的な次元に高め、彼を救うことだ、とも言える。

私はアプシュルトスを波の中に沈めながら、沸騰するその波の泡立ちが、彼を完全なものとして復元し私に返してくれることを、そして私に貼り付けてくれることを望む。近親相姦的? 私は彼と一体をなす。私たちの互いの変態の中で。神託と理想化の趣を持つ私たちの変身の中で。

(AM, pp. 20-21)

さらに次の一節は、神に結びつけられたこの行為の性格をよりはっきりと示している。「海に投げ捨てられた我が弟アプシュルトスは、神の舞台の俳優（l'acteur d'un théâtre divin）となる。その彼を、〈一者〉の種から生まれた娘たちであり、我が妹たるオケアニスたちの合唱が支えるる」（AM, p. 23)。メデイアは、すでに見たように、この神の舞台に投げ出された弟と一体になろうとしている。それは「より大きな尺度」の世界へと至る道なのだ。「我が弟の体は親密な波の中をうねるように漂っていた。私はあてもなくただ彼に結びついていた。だがこの瞬間の彼方に、より大きな尺度へ通じる一つの道が開けることを確信していた」（AM, p. 24)。

のちにイオルコスの王ペリアスの娘たちから、老いた父を若返らせる魔法を請われたメデイアは（この時、娘たちは騙され、父であるペリアスを鍋で煮て殺してしまうことになるのだが）、そこでもこんなことを独白している。

おそらく彼女たちは聞いたのだろう。かつて私が自分自身で弟アプシュルトスの体を刺し貫き、それから無事にその体を海から引き揚げたということを。だが、彼女たちは何一つわかっていない。私と彼との間の絆を。人間たちに共通の精神性を逃れ去る、それ自体として分割不可能な始原《プランシップ》への服従の道へと行きつく絆を。

（AM, pp. 35-36）

ここでもやはり「弟との絆」が強調されている。そしてそれが、より重要なことに、「分割不可能な始原」(le Principe indivisible)に結びつけられている。「一者」(l'Un)と言い「始原」(le Principe)と言い、あるいは「原初」(l'origine)と言い、第三章、第四章でも取り上げたきわめてファルドゥーリス的なテーマが顔を見せているが、ここで見ておくべき要点は、メデイアの行為——殺人行為——が、殺人などではなく、より大きな何かとの合一のためだと説明されている、という点である。(34)

さまよえるメデイア

これはむろん神話のファルドゥーリス的なテーマによる読み替えだと言ってよいが、しかし、「一者」や「始原」と言ったテーマ的な観点よりも、本章でのわれわれの議論にとって今興味深いのは、語り手メデイアが、結局のところ自分よりもさらに大きな何かに語らされているかに見える、その語りの構造である。メデイアは自らも自分をコントロールできているわけではない。いや、彼女自身はそうは言わないが、彼女がより大きな何かに自分を預けていることは確かである。そもそも、これほど激しすぎる気性を持ち、目的のためにためらうことなく人を殺しているかに見えるメデイアは、この語りの中では、むしろさまよえる身であり、無力であることが再三にわたって記されているのである。「あてどなくさまよう私は……」(AM, p. 9)、「私は無防備だと感じていた」(AM, p. 13)、「私は水の上でも陸の上でも漂っていた」(AM, p. 17)、「本当を言えば、私は途方に暮れている」(AM, p. 22)。このような言葉は、特に前半部に集中しているように見えるが、最後までなくなるわけではない。終幕部からも引いておこう。「火に包まれた王宮をさまよう私は……」(AM, p. 79)、「私は何らかの終わりを見つけるということについて自分が無力だと感じている」(AM, p. 81)。彼女は揺るぎない信念を、つまりは揺るぎない自己を、持っているわけではない。「私は自分が誰かを知らぬ」(AM, p. 71)とさえ、メデイアは吐露する。

彼女がその身を捧げているものとは何か。むろんそれを言葉で説明することは無意味だ。しかし彼女が、その何かに抗いえないと感じているように、その語りもまた誰かを「代弁」しているに過ぎないのだ。「私は泡のように自らの力を超え出て膨れ上がる技を使う」(AM, p. 10)と、そもそも語り出しの時から彼女は言っているではないか。このフレーズこそ、この作品の見事な定義であるとアンヌ・ムニックは指摘しているが、ムニックの言葉、「作品のこの見事な定義の中で詩《ポエジー》と魔法《マジ》が図らずも一致しているのだ(35)」という美しい言葉が正鵠を射ているとすれば、メデイアの魔法がおのれ自身を「超え出て膨れ上が」り、制御不能であるように、詩《ポエジー》、すなわち彼女の語りもまた、彼女を超えるものによって駆動されているということになるのではないか。「私を超える力に逆らうことができるかどうかも私は疑っている」(AM, p. 24)とメデイアは確かに言うのである。

「私」という主体が言葉を操り、語りを制御する、というごく一般的な見方は、『メデイアの弁明』にあっては通用しない。むしろ否応なく「私」に「語り」が到来しているのである。「私のうちに根を下ろす神託的透明さ」(AM, p. 14) がメデイアの語りの源泉なのだ。そのようにして、あの「垂直の声」がメデイアに降りてくる。メデイアに成り変わるという「プロソポペイア」は、だから、二重の意味で「憑依」なのだ。「プロソポペイアを用いるとは〔……〕過去と現在、ここと他処、内部と外部を共鳴させることである」[36]とクレマンは書いているが、憑依されたメデイア自身の中にすでに、あのブランショの言う「二重性」がある。

非人称の海へ

メデイアの一人称は「今ここ」に結びつけられてはいない。彼女がする「弁明」とはそもそもどんなものだっただろうか。私が殺した相手を、私は殺したのではない、という彼女の論理は、突き詰めれば、私が語る言葉は私が語っているのではない、という同型の論理に行き当たるはずである。彼女の行為は「別の世界」の理屈に従っており、別のもののために行われているからだ。確かに、「私」という一人称は、通常、バンヴェニストの言うように「今ここ」に結びつけられている。しかし、憑依されたメデイアの「私」は、むしろ「今ここ」を超えるために使われている。メデイアに成り変わって語るということは、「私」という人称が「私」ではない者になるために使われているということだが、憑依されたメデイアの語りの中で、その「私」は、今一度「私」の軛を超える。

畢竟、書くとは「今ここ」にある「私」を超えることだ。時間的・空間的に限定された存在である「私」から解き放たれ、別の時間・空間とつながる存在となること。私とは違うものになるために書く。私とは違うものになるためにこそ「私」と書く。メデイアの一人称が指し示すのは、そんな地平である。

自らの叔母キルケがオデュッセウスの仲間たちを豚に変えてしまった行為について、メデイアは言う。

> オデュッセウスの仲間たちに対するキルケの態度は、神的なものを暴き出す意図があったのかもしれない。〔……〕動物の仮面の向こうに、全員が一体となった、非人称的なある存在の顔を不意打ちするという意図が。
>
> (AM, p. 28)

ここではっきりと「神的なもの」(le divin)と「非人称的なある存在の顔」(le visage d'une présence [...] impersonnelle)が結びつけられていることに注意しよう。ここにあるのは、非人称的なものこそが神性であるという感覚である。ファルドゥーリスが呼び出す神話の声は、間違いなく非人称の声として意識されている。『弁神論』をめぐってアルベール・ブランギエと交わした手紙の中でファルドゥーリスは、「言葉《パロール》はそれ自体、他処から、ある儀礼からやってくるインスピレーションを持っている(37)」と書いている。言葉は他処からやってくる。つまり、本質的に非人称的なものだとファルドゥーリスは言うのである。

この手紙は『弁神論』の中でも特にその最終章「ヒュペルボレイオス人」（ギリシア神話の北方の民）を中心として綴られたものだが、自分の言う「ヒュペルボレイオス人」が何であるかを説明しようとして、ファルドゥーリスは次信でさらに言葉を重ねる。「そうじゃない。それは直観的な与件なんだ。時間を遡り、あのヒュペルボレイオス人の性質——内面もなく、自我もなく、私もない——性質の中に自分を同化させようと努めた上でね。それはおそらく一つの神話だ。だが神話は、われわれの能力よりもっと大きな権能を持っているんだ(38)」。『弁神論』の最後で、ファルドゥーリスは「内面もなく、自我もなく、私もない（*sans intériorité, sans moi, sans Je*）」（イタリックは原文）ヒュペルボレイオス人の境地を語るに至るわけである。おそらくここで『弁神論』を正面から取り上げて論じることが必要となるだろう。だが、それはすでに別の（大きすぎる）主題を抱えることになる。ここでは、ファルドゥーリスが、自ら神話の中に同化することで、非人称の声に耳を傾け、その声を響かせようとしているのだということを読み取るに留めておこう。

> 海の波を飽くことなく見つめているうちに、波はやがて神話的な様相を帯びていく。いつ何時でも、ひとつの語りが不意に噴出することがありうるのだ。
>
> (AM, p. 18)

メディアは語りの海を漂っている。その声はメディアのものでありながら、誰のものでもない。「神話的な様相を帯び」る語りの海に身を浸しながら、メディアはただ霊媒《メディオム》として伝えるのだ。「私」と語る者のみが響かせることのできる、「今ここ」を超えた神話の声、非人称の声を。

終章

それらは同時に私のうちにあり、かつ外部にある

『弁神論』の第二章（正確には章番号はついていない）「そして高い草は風にたわむ」は、まず鳥の話から始まる。鳥の飛行の話である（Th. p. 27）。

ところが、しばらくして、その鳥たちは彫像になる。

鳥たちがこうして平らに潰され、宮殿の巨大な正面壁に彫刻されるためには、おそらくある洪水が、ある地上の気分の変化が必要とされた。そして何千年にもわたって鳥たちはそこにじっとしていたのだろう。警戒を怠らず、新たな甦りに備え、順風のただ中でその飛翔を不意に展開することに備えて。（Th. p. 30）

こうして鳥たちはいつの間にか宮殿の巨大な壁に彫られた彫刻となっている。しかしそれで終わりではない。彫像になったあと、また甦り（renouveau）、「順風のただ中でその飛翔を不意に展開する」（déploiement subit de leur vol au sein de vents favorables）のを待つのだ。

ここでは、現実と非現実、動きと静止が境目なくつながっている。空をはばたく鳥は彫像となるが（ただしそのためには「洪水」が、つまり悠久の歳月が必要とされる）、その彫像はまたいつかはばたく。

ここで現実と非現実を結びつけているのは、長い長い悠久の、つまり非人間的な時間である。人間を超えた時間の尺度で、生きたものと彫像とが入れ替わる。いや、むしろファルドゥーリス＝ラグランジュの作品にあっては、彫像は彫像ではない。それらは生きた者たちと同じ、少なくともかつて生きた者たちなのだ。「彫像たちはこの二元性を共有していた」（Th, p. 31）。そして興味深いことに、またここに「私」（je）が出てくるのである。

一つの部屋から別の部屋へと移りながら、私はそこにある彫像たちとともにそれらの部屋の神託的な空虚に与するほかなかった。彫像たちの詐術は鳥たちのそれを――鳥たちが群れをなして移動し、地平線の彼方に消えて行ったとき――埋め合わせていた。［……］そこでは私が遠くに進むにつれ、夜の終わりが透けて見えていた。

(Th, p. 31)


「そこにある彫像たちとともに」(avec les statues qui s'y trouvaient) という一言で「私」と彫像たちとのつながりが示唆されているが、それだけではない。その少し先で、私の顔が彫像のそれとくっきりと重なるのだ。


片方の手にろうそくを、もう片方の手に鏡を持ち、私は夜、自分の顔がくっきりとした輪郭で、下の方から照らされるのを見ていた。その輪郭は彫像たちのそれと同じだった。

(Th, p. 45)


悠久の歳月を経て、動かぬものとなった鳥たちと同様、この私は、人間的な「私」ではない。もはや人間を超越したものとなっている。

本書の第五章で、われわれはファルドゥーリス＝ラグランジュの「私」について若干の考察を試みた。だから、このような人間の尺度を超越した「私」が、ファルドゥーリス的な一人称の特質であることをすでに知っている。

「私」でありながら人間ではないとは、すでに「私」でもない、ということだ。しかし、だとしたら、それはなぜ「私」として、個別性のうちに語られる必要があるのか。

ここに、ファルドゥーリス＝ラグランジュの「私」に特有の「ねじれ」がある。

それは人間を超えたものだが、それでもなお「私」として語られねばならない。なぜなら、その「人間を超えたもの」を感知し、希求し、できうるならば表現したいと望む者は、ここにあるこの一個の「私」であるからだ。それは、個体としての身体を持つ私ではないが、集合的な私であるよりは、むしろ個としての私の方にまだ近い。

「私」という個別性・唯一性のうちにおいてのみ、人は（もし可能だとしたら）無限へと繋がれる。その契機は、遠い過去やはるかな未来にあるのではなく、あるとしたら「今ここ」にしかない。

ファルドゥーリス＝ラグランジュが神話にモチーフを求めるのは、確かに「起源」への憧憬に誘惑されているからだとしても、過去に遡ることが目的なのではない。どんなに過去に遡っても「起源」など見つからないだろう。「起源」に行き当たることはないだろう。「起源」は、むしろ「今ここ」にある。「今ここ」と繋がっている形でしか、「起源」はない。

ファルドゥーリス＝ラグランジュがギリシア神話を持ち出すのは、それが「今ここ」の自分と繋がっているからだ。だから『弁神論』は、「私」によって書かれる。「非人称の『私』」（« je » impersonnel）によって。

第五章でわれわれは、ファルドゥーリスにあっては、「今ここ」に結びつけられた第一人称が超越的な第三人称を呼び出す契機となっている、と論じた。しかしその時、註をつけて断っておいたように、通常は一、二人称と三人称をまったく位相の違うものとして峻別するのがバンヴェニスト的な人称の理解である。ロベルト・エスポジトはそのことをこんなふうにまとめている。

言語学に関連するその本来の領域を超えるものが、まさにバンヴェニストのテクストの中にあるとすれば、それは、ほかでもなくその著者が次のことを強調している点にある。すなわち、代名詞であれ動詞であれ、三人称が一人称・二人称にたいしていかに異質なものであるか、ということである。〔……〕一人称・二人称とちがって、三人称は人称の内包をもたない唯一のものであり、その点で〈非－人称《ノン・ペルソナ》〉とも定義しうるものである。(1)

さらに第五章の註でも引いた一節をもう一度掲げておこう。

すでに述べたように、三人称は、一人称・二人称にたいする、もうひとつ別の人称なのではなくて、人称の論理から突き出ていて、別の意味の体制へと向かっている何ものかである。モーリス・ブランショが第三者を、中性的なものという謎めいた形象と同一視したとき、彼が意図していたのは、不当なあらゆる人称化からこの形象をあらかじめ引き離しておくということである(2)。

では、われわれが論じたようなファルドゥーリスの一人称をどう位置づければよいのだろうか。一人称と三人称を通底させる根拠は何もないのか。実は、答えはエスポジト自身がそのしばらく後で書いている。

外部以上の外部とは、ほかでもなく、いかなる内側よりも内側にある内部のことなのではないだろうか。このような「外」がとらえがたいのは、それがまさしくわれわれの内部にあるためであるように思われる(3)。

超越的な第三者としての非人称を呼び出すためには、「いかなる内側よりも内側にある内部」をして語らしめねばならない。究極の外部は、内部以上の内部である。ここにこそ一人称が三人称へとつながっていく通路がある。内部こそが外部なのだ。しかし、この内部にあるものはむろん主体性ではない。それは主体的な一人称ではなく、だからこそ非人称の一人称なのである。人格の主体性といった視点とは合致しない「中性的なるもの」が作動する場がそこにあるのだ。エスポジトはこうも言っている。「中性的なものをその高みにおくことのできる唯一の力は、ブランショにとって、エクリチュールである。エクリチュールは、中性的なものに語りかけるためであれ、あるいは中性的なものをして語らせるためであれ、中性的なものについて語ることを放棄する場でもある[4]」。

「について語ることを放棄する」とはすなわち近代的な主体性を放棄することにほかならない。しかしまた一方「中性的なものに語りかける」ことも「中性的なものをして語らせる」ことも、実のところ、やはり何らかの一人称の場においてこそ可能になることに気がつくだろう。主体性の一人称とは違うこの一人称こそ非人称の「私」である。ファルドゥーリスはそのような一人称を取り出して見せたのだ。アンヌ・ムニックはファルドゥーリスを論じつつ「自分の内部へと降りていくことから、詩的な発話《パロール》が、薄暗く難解な発話《パロール》が発散されるのだ[5]」と述べているが、「内側よりも内側にある内部」へと降りていくことがファルドゥーリスの詩学だとすれば、これはそのことを的確に捉えたものと言えるだろう。

　弟アプシュルトスを八つ裂きにして海に流し、夫の心を奪ったグラウケを炎に包んだメデイアは、水と火の両方を統べる魔女である。「おお！　水と火の結合の頂を私が飛ぶことが叶うなら。〔……〕おお！　謎よ。私は水と火の夢幻境への帰属を一度も否定したことはない」(AM, p. 82)。彼女はまた「空と水とを婚姻させ」(AM, p. 10)、溺れる者たちを救助する存在でもある。第三章において示したように、相異なるもの――しばしば相矛盾するもの――を結び合わせるのは、ファルドゥーリスの詩学のいわば第一定理である。だとするなら、内部と外部が結び合わされることもまたファルドゥーリスにおいて、ごく自然なことと言えるだろう。自己と他者の「結合」、一人称と三人称との「婚姻」こそが、目指すべき究極のファルドゥーリス詩学なのかもしれない。「彼ら（それら＝ ils）は同時に私のうちにあり、かつ外部にある」（TI, p. 77）と言う「ミルキー・ヴォイス」の語り手は、超越的な外部が、「いかなる内側よりも内側にある内部」に通じていることを正確に言い当てているかのようだ。

「人は常に〈私〉としてしか書くことができない」というのは一つの真理である。しかしまた一方、「書くという行為は本質的に三人称的な営みなのではないか」という問いにも、十分な権利があると私は考えている。おそらくこれはどちらも正しい。その両者を対立項と見るのではなく結び合わせることができるとしたら、ファルドゥーリス的な「憑依する〈私〉」がその可能性を示しているのではないだろうか、というのが、ここまでさまざまな角度からファルドゥーリスを論じてきた本書の最終地点におけるとりあえずのまとめとなるだろう。

＊

死者と生者が空間を共にする。それはそんなに不自然なことだろうか。文学はいつも不在の者を思うためにある。書かれたものは常に不在の者の刻印である。ある種の死を経ることなしには、言葉は意味を伝えることはない。言葉は不在のものを呼び出すことができる。それは逆に言えば、言葉にされた途端、ものは不在になるということでもある。

人が私ということによって私になり、同時に私ではないものになるのと似ていないだろうか。だが、「私」は一体その二重化の中で何になり、そして「私」から引き離されることで何を引き受けているのだろう。

ジャン＝ミシェル・モルポワは『抒情《リリスム》について』の中でこんなことを言っている。

ポエジーは現実が押し殺している〈他なるもの〉にかかわり、それに声を与えたいと願っているのだ。この〈他なるもの〉はポエジーの中でぴくぴくと脈うっているのである。たとえ、最終的にその試みが不可能だと認識する結果に終わろうとも。(6)

本質的に詩であるとしか言いようのないファルドゥーリスのテクストにおいて、一時的に声を与えられて語る「私」は、まさにこの声を与えられた〈他なるもの〉ではあるまいか。あるいはこうも言える。ポエジーが本質的に〈他なるもの〉（autre chose）に声を与える試みだとすれば、与えられた声で語る「私」こそ〈他なるもの〉として、あるいは少なくとも「とともに」、語っていることになるだろう。〈他なるもの〉である私、すなわち非人称の私とは、ほかならぬポエジーの経験の場そのものなのではないだろうか。「私」と言うとき、「私」は死に、「私」と言うとき、「私」は生まれる。詩は、その「私」が生きる経験である。言葉とともに世界が生まれるとはその意味にほかならない。

詩は何かの「経験」を表したものではなく（そうだとすればそれは不十分なものに終わる）、それ自体を経験として生きるべきものだ。詩とは経験であって経験の表象ではない。

ユベール・アッダッドは、そのファルドゥーリス論の中で「大切なのは存在のさまざまな谺を捕らえることだ。予感、直観、魂の微細な動き、ごくわずかな器官的な谺――そうしたあらゆるものが度を越した価値を持ち、叙事詩的な声の中で、神話的な長い逸脱の中で、反響するのである」と書いている。[7]「私」のものではない「私」の声を借りた「存在のさまざまな谺」が神話的なテクストの中で反響するとき、ミシェル・ファルドゥーリス＝ラグランジュの「私」は、「私」のものではない非人称の経験を生きる。神話とは優れて非人称的な経験にほかならないからである。「神話的な長い逸脱」の中で響く声は、非人称の声となる。

付録

ミシェル・ファルドゥーリス＝ラグランジュ
小説選

セバスチヤン、子ども、そしてオレンジ（抄）

第一部　オルフェウスの徴《しるし》のもとに

I

夏がやってきて旅の支度に混ざり合った。モグラの形をしてアスファルトの上を駆けた。洗濯物の包みの上を染み出るように漂い、そして宵になると、無秩序な羽ばたきのなかで、獣たちの餌を覆うハエたちを追い散らした。

バルヌーは窓辺のシャツがはためいているのを通りから見ていた。シャツは腕が空中に投げ出されたり、洗濯ロープに巻き付いたりしていた。湿気が家の中を満たし、母と兄の顔を鎮めてくれる時間だった。一日中彼らは洗濯をした。不具は笑い、自分の手を見せる。そしてその手を泡がこぼれている洗濯水の中に浸ける。だが彼は体が痛い。狂ったシャツが絶えず彼の体を打ちつけるからだ。彼は自分自身でそれをかけることにこだわった。窓に身を乗り出して。重い頭で。その間、母親が上着を持って彼を支えてやっていた。彼は怖がらせたかったのだ。輝きのないまなざしを虚空に投げかけて。

日がやってきてバルヌーの後ろに身を置いた。彼は肩を上げ、壁に映る自身の醜い影を告発した。男はそれ以後抜け目のない形たちの間で通りと湿った土手の重さを支えた。

植物園は巨大な視神経のすぐそばに接ぎ木されている。爬虫類と哺乳類も同様に。反応があるごとに、腫瘍全体が移動する。ワインの中央市場は鼻翼を水浸しにする。遺伝的異常のために短くなっている鼻翼は匂いに向かって大きく開いている。樽の転がる音と酔っ払った猫の跳躍が聞こえる。猫の足は激しく苛立ち、光の届かないところに向かって伸ばされている。少し離れたところで、その動物は自分の強さの毒を帯びた矢に貫かれ固定されている。喉の収縮によって排出された血の海の中で叫びがたった一度だけ飛び出す。そして古代の歌が生まれる。

バルヌーの兄、セバスチャンもまた通りの子である。孤独が彼の胸の空洞の中で警戒を倍加する。彼は耳をすませて聴く。人間の感覚を決して覆いつくすことのできない圧縮と開闢の最初のうなりを。彼は、杯をあふれさせることなく、醜さが、あるいは音の狂気がその質を変えることなく、自分をあんなにも友好的に受け入れてくれた空間を愛している。彼は植物と鉱物とそして動物の支配の最後の突端である。彼は始まりであることを誇りに思っている。バルヌーは彼の手をとり散歩する。彼の隣にいると、駆け引きとしかめつらの遊戯の中で、時の壊れた糸をつかむのが難しくなる。一歩ごとに、人は星雲の亡骸《なきがら》にぶつかる。

すでに十五年以上蝋燭は燃えている。蝋の染みが大理石に落ちる。蝶の羽がそこに捕まる。青い大理石の上に。狂人は蝋燭を消す。すると煙は青くなり、羽の苦悶の上を通り過ぎる。ペリカンが青い妖精劇の中、季節の草の上で立ち上がる。一匹の毛虫が通りの上でひっくり返っている。風が通り過ぎる。セバスチヤンは小股で坂を降りる。腕を前に出して。彼は貧しい。人々は彼から遠ざかる。怯えた目をして、恐怖を思い出しながら。彼らは喉が渇いている。夏は干からびている。川の水位はすばやく下がり、泡は水面に上ってくる。泥だらけの頂上《ピーク》がいくつも水面に浮かび上がる。乾きが大地に罅《ひび》を入れる。その女でさえもう瑞々しさを与えることができない。彼女は年老い、その乳房は涸れている。狂人の眼差しは萎縮し、火の方向に向けられている。汗で粘つく、母なるイメージの方向に。汚れた下着の匂いを引きずったそのイメージは、嘔吐を麻痺させる。それは動物園の騒がしさだ。彼はその年老いた雌の髪をつかむ。十五年間それは続いている。幾代も続く白い世代たちの殺戮が。大理石の上のトカゲの切り落とされた尻尾の動きが。そして磁石の方に狂ったように惹きつけられる針が。

セバスチヤンは自分自身を、自分の震える存在を怖がっていない。彼は両手を降ろし、一方から葡萄の葉を引きちぎり、もう一方をカンガルーの新鮮な鼻面の上に置く。すると彼は悲しくなる。彼は泣く。

バルヌーの健康が衰える時がやってきた。引き裂かれたシャツはところどころ彼の無防備な痩せ細った体を覗かせている。彼が印刷所から自分の家に帰ってきた最後の時、シャツが台所の窓からはためいていたのは偶然ではなかったのだ。彼の体が恐怖によって避けていたすべてのこと、軸を失った乾いた動き、それをシャツは演じていたのだ。諸要素との、そしてセバスチヤンの混濁した思考との、完璧な調和のうちに。そのシャツは溺れた死体たちの、強奪されたポプラの木々の、乳房を引きちぎられた雌狼たちの、目印だった。それは絶えず人間の熱の喧騒に近づこうとして、決してそれに到達することができないのだった。

蝋燭の薄明かりに、自然は自らを照らし出した。慎ましく、襤褸《ぼろ》に覆われたその姿を。旅の荷が準備された。バルヌーは母を手伝って家族写真を外し、台所用具一式を荷造りした。兄の顔が銅の表面に輝いた。砂風が立ち上がり、小さな炎が横たわって消えた。その時、バルヌーはその奢侈な宮殿の中にセバスチヤンを追った。野蛮な謎に捧げられた甘えた獣の皮で飾られた宮殿の中に。彼は兄の手を握った。セバスチヤンは口を開き、痛みに叫び声を上げた。彼は首に吊り下げられた三角形の明瞭さを打ち砕きたかったのだ。シンメトリックな旅のシンボルを。ガラスは赤く染まり、音の波が宮殿の中を渡って行った。セバスチヤンは眠りの泡の中で翳った。その目は完全には閉じられていなかった。バルヌーは、抵抗するまぶたの上に指を置いた。その接触で、脳髄は血を流した。鋭い爪が体全体に沿って食い込んだ。

＊＊＊

彼らが三人揃って暮らした年月は消え去ってはいない。その歳月は、砂浜に続く曲がりくねった小道を閉ざしている。足に当たる砂利の熱さが耐え難い。岩の湿った輪郭を通る時だけ魂が安らぐ。夏も冬もぴったりと閉ざされたままだ。

ブラインドの向こうで、セバスチヤンは手の中で熱いジャガイモをもて遊んでいる。赤らんだ皮膚の上に、玉がその丸い形によって官能を蒔いている。

彼の顔についたいくつかのパンくずに引き寄せられて鳩たちが飛んでくる。くすぐったい。バルヌーはまだ帰っていない。ウージェニーは肘掛け椅子で眠り込んでいる。

彼は鳩の孤独な飛翔を追う。鳩は光を叩き、葉叢をはがす……

「まだ寝ないの」

母親が彼の服を脱がせる。彼は寒い。足が寒い。毛布の向こう側から出ている。「誰かが毛布の向こう側で寒がっているよ」。彼の歯はガチガチ鳴っている。母はセバスチヤンの足をたらいの中に浸す。足は赤くなり、むくんでいる。それから白くなり、孤独に浮かんでいる……

バルヌーは一年後にやってきた。

彼の顔は傷ついている。一年後。セバスチヤンは彼を水の中に見る。顔立ちは溶解している。セバスチヤンは膝の上に本を載せる。本は水の中に落ちる。彼は本が再び浮かび上がってくるのを待つ。ページが開き、水は黒く赤くなる。

セバスチヤンは眠った。彼はまだ寒かった。バルヌーは三時間後にやってきた。彼は服を脱ぎセバスチヤンの隣で寝た。彼のこぶはじっと動かず、その肉の中に張り付いた。夜が彼らの上を通り過ぎた。兄弟のように愛情深く、優しく……

昼、野菜は新鮮なまま到着する。女の脇の下に吊り下げられた、緑の野菜と赤い野菜。女はゆっくりと自分の額の上にパンくずをかき集める。植物の上空で、マルハナバチたちが芳香《アロム》のパニックを引き起こす。数滴の火が落ちる。彼は閘門の方へ行き、それを開いた。砂利の雪崩の下、彼は裸になって出てきた。流動的な土手から弟が彼を見たとき、彼は弟に叫んだ。「早く帰れ」。

家は炎に包まれていた。ウージェニーは、彼らがやってくるのを見ていた。彼女は微笑んでいた。家は燃えていた。シーツも椅子も影も燃えていた。

箒は虚空の中でじっと動かないままだった。血が流れていた。ニンジンから、ヤマシギから、そしてタコから……

彼は分泌された唾液の中に落ちた。彼は花々と歳月の混合物をかき乱した。蜘蛛の十巣の真ん中が重くなり、穿たれた。そして糞便口を形作った。・・・・・・・・・・・・・・・・・・・・
・・・・・・・・・・・・・・・・・・・・・・・・・・・・・・・・・・・・

ベラドンナが寄せ木張りの床の上で死んでいた。花冠の融合が見られた。花にはいくつかの大きな傷跡が刻まれていた。末端が貧血を起こし、悪が内奥にまで達していた。

生きた茎があった。蛇の形をして、聖女ウルスラの寝室に。植物の絨毯の上で、力強い本能が広がり、大きな寝台の下の暗闇の中にぶつかっていた。そこにはサミダやトケイソウ、ウツボカズラなど、あらゆる熱帯種が震えていた……

配偶子たちは、息をするのもこらえ、貪るように接近を待ち望んでいた。眠っている女の顔を手が撫でている。〈木〉があった。そして〈木〉の前には〈天使〉。

また官能の恩寵で赤く充血した目もあった。

狂人は弟とイメージを争っていた。彼の指は花の逸楽を捕まえるために伸び、聖女の頬の上に置かれていた。

バルヌーは屈んで、寝台の下を見ていた。

私もまた、そこを見ていた。斜めになった建築物の下で光は貧しかった。けれども、聖女の喉を掻っ切った後で思いがけず休息が私の手に舞い込んできたようだった。寝台の下の爽やかさは彼女の臓器の爽やかさだった。

光がぱちぱちときらめく。トケイソウ、ウツボカズラ……

「おまえはクラゲを取ったことが一度もないのか。クラゲの肌は砂の大地をかすめる。だが、クラゲはひきつり、温まることを拒否する……。それがクラゲの器官的な教条主義だ。温度の基準により性別が分かれる。一方は低く、一方は高く……。おまえは腰のところで切られている。あらゆるものが腰のところで切られている。そして胴体は水銀の中に浸かっている。おまえが今していること、それは死者たちの交尾だ」

「聖女は私を貫いている。

私はその行為の冷たい輪郭によってくるまれている。それは永遠だ」

その後、私たちは出発するだろう。私たちは生活品を詰めた籠と荷物をその場に置いていくだろう。一頭の雌ロバが、池の上の干からびた坂を登っていこうとしている（この同じ池に、いつか私たちは落ちるのだ。冷たさと聖女の平らな顔に到達するために穏やかな層を潜り抜けようとするときに）。一頭の雌ロバが、池の上の干からびた坂を登っていこうとしている。それは輝く円盤だ。澄み切った緑に覆われた、石ころだらけで固まった伝説とモザイクの。

柱時計のチクタクは拷問の道具のように水の中で反射していく。

「昔は」とバルヌーは考えた。「百万もの人間の物語があった。野獣たちに別れを告げるこの夜の中で終わろうとする物語が」

三人はそろって窓辺に肘をつき、夜を観察した。

母は咳をし、ハンカチを取り出した。

星々は束になって、神秘的な三人の上に降りかかる。

「これは目の深みの中を通過する感知できないリズムだ」。宇宙《コスモス》の塊は眼差しの外縁を囲む。セバスチヤンの精神は不均衡で揺れ動く固形のうちに砕ける。

夢は彼のうちにある。溺れる大きな書物。

獣たちは窓の入り口で一列になって並ぶ。

聖女は眠っている。

「獣たちは穏やかに進むだろう。創造は再び開かれ、彼らの冷たい足に活力を蘇らせるだろう」

今夜は誰もあなたがたに血の貢ぎ物を要求しはしないだろう。

セバスチヤンは安らかに壁にもたれ、そうやって最後の夜を過ごす。ガゼルの隣で。顔を黙示録《アポカリプス》のほうに向けて。

＊＊＊

昨日、またバルヌーは植物園に行った。吊られた男の手の運命を知るために。

「……その男の手は楽しげに振られた」と本は言う。「まるで飼い主を見つけた犬のしっぽのように……」

それは吊られた男の楽観主義だった。彼は目撃証人たちとばったり出くわしたのだ。それから時は曇り、手は漁っていた。

「……その結果、この男（死刑執行人）は服の下から長い刃物を取り出し、二突きでその手を切り落としたのだ……」

人々がやってきて、その切れ端を拾い上げた。彼らは刺繍のついた布でそれを包んだ。手は影の中で硬直した。

男たちは、この午後、来たるべき数世紀と交信する。禿鸛《ハゲコウ》〔大型コウノトリ〕たちもである。ある叫びが突然響きわたり、彼らを四散させる。彼らは芝生を通り過ぎる。痩せ細った脚で、驚くほど見事な平行線《パラレル》を描きながら。

精神はふさふさとした羽毛の装飾を受け取る。

禿鸛たちが狂乱する中で、切り落とされた手が開き、木に姿を変える。配偶子に変容する……胚芽が鋳直される。たるんだ状態のあとを熱が引き継ぐ。動物的段階が黒い調和の穴を甘んじて受け入れる……

今日、人は広大無辺なるものを探している。怪物性は時の外にある。私たちから数里《リュー》のところに。手は暗闇の中に入っていく。割れ目の中に入っていく。それは割れ目を押し広げ、官能の狂宴に包まれた見知らぬ者たちの群衆の通路を開ける。その時、その男は宇宙発生《コスモゴニー》の中心にいる。禿鸛たちは原初の状態で地上に降り立つ。翼はまだバランスを取ったままで。

その巨大な頭の中に昼夜平分点《エキノクス》を置きながら、彼らが町を出て山に行こうという話を彼らの間でした時、問題となっているのはそうしたことである。

ミルキー・ヴォイス――天の声*

I

私を望んでいなかった町で、私は生まれた。その町のあらゆる通りは、とある中央広場へとたどり着くために延びていたが、その広場を私は見ることができなかった。健全な水はかく流れ、けっして不純なものどもを覆いつくすことができなかったのだ。水は、より迅速に私を無秩序の中に運び込むために、その拡張の限界まで行き、引き返していた。

町の広場と見捨てられた残りの部分は対立する二つの極を占めていた。だが、その中央であらゆる試みの禁止が光線を発していた。諸要素の試みであれ、私自身の試みであれ。自然について言えば、私はそれに時おり興味を抱いた。だが私について言えば、私は絶えず自分の教育をしようとしてきた。歩道を軽やかに歩きながら。いつか接近不能なゾーンに滑り込めるという希望を抱きつつ。私には説明できそうもない。どうして私の母がそちらの側にいたのか。大変な暑さの中、彼女が私を産み落としたそちらの側に。そこでもまた彼女はおそらく私の誕生に伴う不定形の物質を山のように残したのだ。そしてそれらの物質はすぐさま生《なま》の状態を採ったのだ。どうやら私は最初からすでに不潔な空気に包まれたらしい。そして体に発疹が出たらしい。私の羞恥心は、他の者たちが慎みなく自分たちの存在を祝っているその時、同時にやってきたのだと考えなければならない。

後になって、私はしばしば路面電車の橋の下をくぐることを余儀なくされた。他の橋たちは地平線に現れていた。だが、それらの橋の下では暗い沼が輝いていた。存在する者たちが穏やかな熱の中で、自分たちに関わりのある出来事を残らず一掃する公共の場所。肉の交換と闇取引が、私の輪郭の性質を借りながら、遠くで饐《す》えたような匂いを発していた。だが、私の若い脳髄では、そのことはより私的で嫌悪された諸現実を、私の気分がその前で屈しなければならない月並みな状況を徴づけていた。それは、この共同体の謎を解明しようとする者にとって避けがたい返答であった。

獣たちが散発的に飢えにより死んでいったあれらの土地の上を私は長い間さまよった。獣たちの死はあれほどの廃れた物体で埋め尽くされた野を肥料で豊かにした。もっとましな時代なら、私はその獣たちと共謀することができたかもしれない。そして町の社交的な場所で大規模な降下を試みることができたかもしれない。ただ、私の戦略的な気がかりが、周囲の動物相から遠ざかることで、私たちをあらかじめ裏切ることになっただろう。約束の空虚な想像力を征服するために一つの生を意図的に押し付けようとするとはまた不幸な野心である。だから私は獣たちの腹の下でややふみ潰された植物を何本か引き抜くことで満足していた。すると根っこが空気にさらされるやいなや、私は背中に痛みを感じ、脊椎を折り曲げるのだった。ほかの誰もこのような親和性を打ち立てることはできないだろうし、私の運命を狂わせていた——それでいて私は大いなる疑いに取り憑かれることもなかった——隷属に耐えることもできないだろう。

学校でもまた、級友たちは私が来ると、私のことを死んだ目で眺めたものだった。なるほど、そのことは私が好きなだけ自分を振り返ることを、そしていつまでも道の途中で、明晰さを味わいながら、ぐずぐずしていることを許してくれたが、しかし私はその状態から抜け出ることを急いだものだった。自分があまりにも単調な物体となることを恐れたのだ。私の周囲では、諸事物は不器用に重なり合うことをやめず、動物たちの骨格の同意を得て、入り組んだ構造を作り出すのである。

ある時、とうとう級友の一人が、私が空き地を横切るのを遠くから認めるや、あるグループの面前で口を切り、私を糾弾した。ほかの者たちはそれを賞賛し、そして私は喜んでいた。彼らは厳密な秘密によるのとは違う仕方で自分たちの意思をはっきりと表明していた。私が彼らの近くまでたどり着いたとき、その級友は私を殴った。私の鼻からは血が流れ始め、私は自分の年齢の娘たちの傷つけられた口に混ざりたい、そしてそこに私のふくらんだ希望を再び見いだしたいという強い欲求に駆られた。級友はそうとは知らず私の共犯者となったのだ。彼は私のために拳や足の打撃を浪費していたのだが、その間、私のノスタルジーは、優しく私を解放するそうした屈辱、そうした血と勇気の喪失からつくられていたのである。そうしたわけで、犯罪を企んでいたこの学校の存在の前で、私は大罪を受け入れながら、ひざまずいたのだ。私はそこ（より深いイニシエーションへの先ぶれ）を通らなければならなかった、この最初のトラウマを通らなければならなかったのだ。このトラウマは私の誕生を後の私の欲望へと結びつけていたのである。級友の靴に埋め込まれた砂粒はいくつかの新しい道を切り開いていた。それが私の目の中に侵入してくるやいなや、私は恐るべき自分のチャンスがなおいっそう近くにあると感じた。

＊＊＊

その後、私はこの同じ級友が路面電車の下敷きになったことを知った。彼は吊り橋の冷たさのもとへと行ってしまったのだ。つまるところ、私の側をさまよいに行ってしまったのだ。自らの軽率さに従って。距離が本当に確かなものとなったとき、私はすぐに透明なレベルに達した。そして無関心に諸事物の衝突を眺めていた。いったい彼は、その党派的な情熱でもって、私の視点を採用するという以上の、何を望むことができたのだろうか。私の視点を採用することで彼は母の喪に対してある種の軽蔑を養うことができたのだが。

それに、彼の死はより広範な悲劇的な終わりを何一つ引き起こさなかった。町は同じような存在たちによって埋め尽くされていて、彼らのうちの一人が姿を消しても、ほかの者たちの幸せが、一時的に乱された波をまた元の状態に戻すのだった。

＊＊＊

果たしてそれがシグナルだったということなのだろうか。そして見知らぬ者たちの群衆が柵を乗り越え、私の側へ溢れ出たということなのだろうか。そうでないなら、この爆発する大群をどう説明すればよいのだろう。大群は塊ごとにみっしりとした列をなして進んでくる。私は勘違いしていたかもしれない。そして、これらの現象をある係争の終わりとして解釈していたかもしれない。だが私には純真無垢が欠けていた。

わが級友の死は、彼の崇高さの限界において突如として生じたものであり、群衆がその体を自分たちのものとし、それを儀式（その儀式は次いでとある原始的な配置のただ中で消えていった）に差し出すためには、群衆の側のすばやい操作を必要とした。私の想像力は、人々が何の防御もなく放置してあった町の広場にはるかに匹敵していた。私は自分の猥褻さをもってその生き生きとした砂漠に侵入して行った。突然、私は一切の重要性を奪われた存在になった。そして恐怖の中で、私は自分の期待と笑いを引き延ばすのだった。

高熱の炉は炎に包まれた。市場も教会も同様で、群衆の進みを照らし出していた。一方、私の反応は強い風によって勇気づけられていた。私は冒険に賭けた。この群衆と死者との出会いの緊急性に賭けたのだ。だが、群衆は屈辱的な変節《バリノデイア》に引きずられ、より大きな正確さが欠けていたために、ただ肉の切れ端を死者から引き剥がすのみだった。

夕闇が落ちる頃になってようやく群衆は打ち負かされ、その出発点へと整列して戻っていった。墓のない冒涜の痕跡を残しながら。さて、後になって、私はこの突飛さの真の性質を以下のように理解したのである。

空の鳥たちと野の百合たち

影は第一段階の終わりに降りた。そして花のもう一つの斜面の上に居を定めた。ごくわずかな形象たちがその影の上を這い登り始めた。自分たちの繁栄の時がやってきたと信じて。だが、彼らはその幼稚性のために停止させられた。

巡礼者たちは、より遠いところで安堵していた。諸物質の腐敗はその幻想的な数の通過を徴づけ、何匹かの昆虫がそこをさまよった後、愛の形態と接触した。それから処女たちが自らの髪を犠牲にするためにやってきた。だが、彼女らは憤慨して立ち去った。彼女らの犠牲は並以上のものだったからである。

出来事は、しかしながら、諸世紀の始めからすでにして開花に苦労したのだ。巡礼者たちがその出来事の中に託していた希望は、くすんだ羽をした、いっそう年老いた鳥たちによって奪い去られていた。鳥たちはその場所の上空を飛んでいた。そしてその翼は完了したサイクルによってゆっくりと蝕まれていた。影が降り始めたとき、鳥たちは互いにこう言い合った。自分たちの支配がようやく公にされようとしていると。花は成熟していた。そのため鳥たちは今や階級的に大赦を受け、光り輝く斜面の王権を担うことになるだろう。

巡礼者たちは注意を払うことなく同じ道をたどっていた。だがほかのどこにもこの絶対なるものの約束は存在していなかった。彼らはそれ故、これらの現実の未来が待ち遠しかった。そして炎を手に、自分たちの足取りの誤りを検討した。それから自分たちの道を辿りつづけた。それ以上に貴い本能を持っていなかったからだ。

彼らはやがて、自分たちがまったく無事でいることに一種の恥を感じた。自分たちの裸形性が最も大きな危険を冒しているというのに。しかもこの景色はその濁った暗示により、彼らの無知の果てまで彼らを追いつづけた。彼らは互いどうしを認識し、互いに告発しあった。不公平の感情を育てながら、そしてどうして自分たちが最も特権に恵まれていないのかを理解しないまま。

彼らは忘れていた。鳥たちが途方もなく大きな尊敬の念を享受していることを。そして彼らが監視している間は食糧の必要がないままであることを。花の成長があるのだから。彼らの巡礼の世代のリズムがあるのだから。そして鳥たちは地平線が彼らを冷たい同胞愛の中で消滅させてしまうのを見張っていた。来たるべき悲嘆の中で、彼らの種のためだけに、花の女性性を昇華させせつつ。

私が非難されるかもしれないこと、それはこの報告の不正確さだ。しかしどうやって逃れ去る正統性について長々と語ればよいのか。私は振り子の運動のような、最も完全に周囲を囲まれた示威行動の中にその例を探しに行った。周期的な振動によって維持された沈黙が私たちのつながりを剥ぎ取り、深淵の底で人は解体された私たちの骸骨を見出すのだ。群衆が私から離れようと、私を抱きしめようと、あるいは私が群衆を軽んじようと、群衆を殺そうと、瞬間は決して残忍で愚かな可能性の母体であることをやめない。私は巨大な爪をいくつか組み立てた。私は産業の盛んなこの町でところ構わず素材を選んだ。私はまた発見もした。私の自律性が私のレベルを超えており、私の爪たちは必要とあらば禁じられた場所の上空を飛ぶこともできるのだ、突然広々としたところへぶつかるこの不出来な道をずっと踏破することもできるのだ、ということを。一方で、あらゆる卑猥さは自分らの極のほうへと乱痴気騒ぎのきらびやかな衣装を引きつけていた。その騒ぎの中で私の恥じらいは危険にさらされていたのだ。町の人々が私について恐れていたのはまさにそれであった。彼らはもはやその住まいと快楽の中に寄り集まっていたのだから。私の状態は、しかしながら攻撃性とは一致していなかった。そうではなく、すべてが同じ沈黙に還元された不眠に、激情に満たされた重い凝視に位置していたのだ。私は自分の爪で敵たちの爪を叩き、その支柱を真っ二つに折った。

私は自分の爪たちに胎児のような奇妙な形を与えた。私は裸形性をそれに塗りつけた。するとそれらはあらゆる状況において丸みのある線を示した。その線はひと目見るだけで遠ざかり、空の無味乾燥さを顕わにするために場所を空けるのだった。すると太陽の光はすぐさま、その食欲不振の中で、祭りのホストたちを囲むのだ。

こうしたアクシデントを前にして、町の住人たちはカタストロフを生き延びた者たちとなっていた。彼らは両腕を上げて、よりよい約束の厳粛な執行を要求していた。だが私の年齢は、ありえないことだが、これらの紛争を通じて、すぐ間近の未来をほとんど望まないという性質を持っていた。

II

夜になると、病気の弟の部屋に長くとどまることを避けるため、私はバルコニーに出された。私はこの暴力を部分的には嫌々ながら受け入れた。弟が私のいない間その態度を増長させることを知っていたからである。だが、ひとたびバルコニーに出ると私は忘れてしまい、ドブの中で遊んでいる子どもたちの上にどこかしら君臨し始めてしまうのだった。私は彼らよりたくさんの空間を持っていて、私の後ろは同一血統の欠陥によって守られていた。

しばしば子どもたちは頭を上げ、私を憎々しげに見た。だが私はすぐに彼らに対して陰険な攻撃を仕掛けようとするのであった。私は美しいブリキの缶をバルコニーから落とした。この振る舞いは私にとってこの上ない豪胆さを徴づけるものであって、この豪胆さを超えたところでは世界は廃墟と化すのである。ブリキ缶を拾ってそれを開けた子どもは、私がその中に入念に流し込んでおいた涎の中に指を浸す羽目になった。

彼の仲間も彼自身も一人残らず激怒したが、それは彼らにとって不愉快な目覚め、結婚適齢期に起こる勃起の虚無であった。そこで彼らは私に石を投げてきた。鋭く尖ったたくさんの石を。その間彼らの臍はその攻撃のリズムに合わせて燃え上がっていた。

私は弟の部屋に駆け込んだが、弟は私の存在に苛立ち、私を再びバルコニーに追いやろうとした。彼は半ば起き上がり、その凹んだ胸を露にしていた。私はぞっとするほど不潔な、息苦しい輪の中で生きることを余儀なくされていたが、そこに完全に溶け込むことは出来なかった。弟は、シーツから足を出し、それからその性器をぶら下げながら立ち上がって、優位な態勢を取ろうとしていた。もし私がまたバルコニーに逃げずにその戦いを真っ向から受けて立っていたとすれば、私は胸のむかつくような冒険を生きることになっただろう。それゆえ、私はまた額に礫を受けることを選んだ。その場にじっと立ち止まり、通りの子供たちの復讐から逃げようとはしなかった。結局のところ私は母方の遺伝により露出症なのだった。しかるべき時に何らかの英雄的な反応を選び、それから官能の惑乱の方へと自らを向かわせるのだ。何かが私の仕事を助けてくれていた。私の存在から親密な熱が発散されていた。その熱が私の目の前で凝縮し、強力なフラスコ画に収斂していった。私は時折、あらゆる超人間的な試みに無関心になった。

ブリキの缶は目が痛くなるほど輝いていた。私はそれにあまり近づきすぎることは出来なかった。缶がバルコニーから投げられたとき、それは確実な線を描いた。そしてその蜃気楼のまわりに子供たちは素朴に集まったのだ。だが私の涎が彼らの条件の上に溢れ出し、彼らは無力の現行犯で押さえられたのだ。

しかしながら、私は自分の存在の仕方を放棄しなかった。私は繰り返される石の攻撃を受けながら執拗に考え続けていたのだ。確かにもっと遠くへ行き、無条件の男性的な行為を犯すべきだっただろう。だが、笑いたいという欲求が私から去らなかった。そしてその根源において堅固さをとことん中傷していたのだ。私は恐慌と幸福感の混合体となった。そして私の夜の夢は天の川へと開いていた。

＊＊＊

視線を下げ、私は自分の生まれた町の湯治施設が深い峡谷の底にあることに気づく。その湯はかつて私の人生の相反した両極に対して一種の定数を供給したのだ。その時、その二つの極は邪悪な現実を沈めるために前方へと飛び出し、それから後退し、散らばっていった。施設は昼夜問わずいつも単調で、明かりの灯る休憩所をいくつか備えている。

町の住人たちはよくそこで湯につかる。彼らはそれから喜ばしき弛緩に耐える。彼らの四肢は湯の中でバラバラになり水面で再び一つになる。そして彼らは前よりももっと全的なものとなって湯から出るのだ。彼らの集結の徴は吐き気を催させるような白さである。腹ばいになり、彼らは度を越した欲求と交流しているように見える。

彼らは私が近づいていくことを望んでいる。だが私は警戒している。彼らと人工的な光との組み合わせはあまりにも親密だからだ。しかしながら、私は彼らの呼びかけに応えようとした。私なりの方法によって彼らの余暇の場を拡張した。そして私は、初めて相互理解を望んだ。私は彼らを残らずその痩せた体のまま人生の晩秋へと追いやった。彼らはその将来において、世界的規模のある出来事と同じぐらい純粋であった。彼らが生まれる前から私は彼らを見ていた。そして彼らを受け入れる準備をしていた。だが、何一つまだ私の最初の慎重さを揺り動かすものはなかった。

とりわけ私を怖がらせるのは、彼らの簡素さであり、私の素質の繊細な照り返しである。対立はいつか、どちらの側からも消え去ることがあり得る。しかし、私たちの奇妙な振る舞いもいつまでも残るだろう。こうして私たちはよりよく観察されうるのである。そして、私たちの行為は節約とともになされる。偶然に任されているものなど何一つない。謎が積み重なるあれらの夏の長い日々でさえも。この男たちの充足の秘密を誰が所持しているのか。彼らは私を妬んでいる。彼らはこちらからあちらへと行き来しているが、そうかといって選んだ場所を放棄することはない。ためらいに満ちたこの遊戯の行われるのは、今この瞬間の後だ。いや、一瞬よりも短い。あれほど望まれた超克のイメージなのだから。私は長い双眼鏡で、この上なく官能的な運動に従って膨らんだり凹んだりしているこの有機体たちを見る。時々空気が不足し、この被造物らは最後には青白い不動へと達する。彼らはより遠くに再び現れる。四肢を切断され、見分けがつかなくなって。だが、兄弟のように極端なほど友愛的でエロチックだ。私の肉体は笑いで震え、腐り、この男たちの食欲を増大させる。

私の散策は青春期の終わりにもまだ続いている。干上がった広大な運河のように。このごつごつとした変転を越えて谺を打ち立てるには、一つの言語が生まれる必要がある。この変転の中では、とある溺死者の視線がその谺をさらに引き伸ばしている。これらの細部の終わりはどんなものだろう、と私は自問する。それらの裏にさらに別の細部を疑いつつ、だが同時に、新しい危険な空虚をも。

温泉療法の効果も手伝ってよそ行きの気分になったあの湯に浸かる者たちのそばで私が生きた時間はなんと奇妙な時間だろう。私は彼らの前に立つ。本質においては愚かで、だが途方もない感受性には恵まれたまま。彼らは同時に私のうちにあり、かつ外部にある。泥だらけの冷淡さの中で苦しみながら。腹ばいの姿勢のおかげで、怒りっぽい、汚された犠牲者たちの長い髪のすぐそばに私はいた。犠牲者たちは病んだ物質の過剰な排出を享受し、私の感謝に包まれていた。なぜなら、犠牲者たちがいなければ、鎖は断ち切られていただろうし、さまざまな現実は激しく覆され、私は空と大地の間に宙吊りのままになっていただろうからだ。最終的に他の者たち、あの白熱した不機嫌な愛人たちは青ざめた。近くから見られた私の肉体は彼らを恐怖で凍りつかせた。そのために彼らは私から目を背け、彼らの類似の中に逃げ込むことを好んだほどであった。かくして何一つ試みられるに値しなかった。

振り返ってみれば、状況は歓喜に満ちていた。私は何も知らず、私の求婚者たちの親密な部分に何本かのナイフを突き刺していた。すると彼らは涙が出るほど笑いころげるのだった。痙攣的なやり方で鋼鉄の涙を排出するためにか、あるいはよりカオス的な裂け目を挑発するために。そして足元の草は淫欲に包まれていた。

それから、私の怒りっぽい《オンブラジュー》気質が現れた。私は自分の陰《オンブル》をその固有の限界の中に収めておこうと努力したのだが。そんなふうにして瞬間は滅びた。そこから抜け出ようと、そしてこの人々を休息の外に追い出そうと私が急いだために。彼らの体はその時、私がこの世界に現れ出た日のように膿疱に覆われた。そして、その傷口を彼らの帝国の狭さの中で癒合させることを余儀なくされて、彼らは自分らの節制を絶えず掘り下げていた。私はなおも虐殺されたさまざまな部分の間に暗黙の関係を作ろうと望んだ。だが彼らは自分自身で自らの痛みをほじくったので、私の主導権はすでに及ばないものになっていた。彼らが最も完全な暗闇の中を掘る間、輝く反射が彼らの秘教的な鏡の閾に居座っていた。湯浴みの後どこへ行くか、彼らが知っているかどうかはどうでもよい。なぜならすでに彼らは私の意識よりももっと下劣でもっと堂々としているではないか。私の決心はどこへでも彼らの後をついていった。一方、私個人としては、ほんの一刻もその決心の中にとどまっていることはできなかっただろう。

通りで人が私を指さしていたが、私は逃げ去った。住人たちの混乱の中央にたどり着いたとき、彼らはいっそう興奮の度を強め、私はその数の前に姿を消した。結局のところ私は自分が誰だったのかも自分がどこにいたのかもわからなかった。私は自らのうちに老人の素質を発見した。自分の粘着性の性格のおかげで私は自分の意地の悪さが対象を持たないことを知った。

＊＊＊

廃墟と高い木々が、刀傷のある滑稽な雲の下、一分間の瞑想を観察している。しかしながら、共同体として望ましいことであるが、私たちは困難を——たとえ想像上のものであっても——乗り越える術を知っていた。だが私たちはこんなにも縮こまった知性にぶつかるとは考えていなかった。

この知性にとって私たちはみな平等であるが、そのことは私たちを戸惑わせる。私たちは同じパースペクティブに依存しており、この友情が形をとるのは、最も粗野な面においてである。だがなにものも、その特権をあきらめようとはしない。私たちは敵意をまた取り戻すために時の変化を待つ。

⁂

こうして私は自分の顔を失い、それをまた再び見いだす。実際には、それはいくつかの失われたドグマに属しており、それが明確なアイデンティティを帯びるのは私の悪夢の中でしかない。私はわざと自分の性格を誇張しており、私は世界に対して疑念を投げかけているのだ。通りを曲がるごとに、私は自分を守り深淵を避けるという口実の下に自分を告発する。私は他者たちのまなざしの中に、私が作り上げ爆発させせた誤解を見る。なぜなら、彼らは光にくらんだ自分たちの目を手で覆い、彼らの性器をむき出しにしているからだ。

私はまた、私の存在で拡張されたアクセスを放棄しようと急いでいる。もし私が自分の偏見から自由になれば、自分自身の罠にはまるだろうという気がする。私の幻想上の口に出せない同性愛は私の秘密の結果である。自動性《オートマティスム》を逃れようという意志が一つの解決なのかどうか私には知ることができない。第一私は解決など探していない。だが、時折私は、風景の単調さから、何度も繰り返される言葉の単調さから遠ざかる。私は古い肖像のように自分の恍惚の中に固定されてしまっている。その肖像の輪郭線の最終的な停止の原因を誰も暴くことができない。そして不動の、あるいは動く宇宙は、継起する許可を通じて、私のような無力な者たちの上に君臨するアディアポラ〔ストア哲学で、善悪いずれでもなく、したがって無視して構わないとされた物事〕に合流する。そのとき私は相対的な鎮静について、そして砂漠の中での私の服従について語ることができる。

私は夜を待ちたい、そして他者たちの眠りの上を歩きながら町に入っていきたい。もし町が、私の運命の明瞭な意味と、人間たちに刃向かうために建設されたのならば、アイデンティティなき私の愛を損なうために作られたのならば、私は可能な限りありとあらゆる策略を講じなければならない。だから私が未来を味わっているなどと言うのは大嘘だ。私の中には場所の予知能力と、ある親密な回帰の感情がある。そのために私の苦悶はなおいっそう増しているのだ。すべては与えられている。私が歓迎されていないことは、私の悲惨の一部だ。だが私の中には何度も訪《おとな》われた装飾的な楽園もまた存在する。おまけに、私が昼よりも夜においての方が優遇されていると言うことは、私の精神の中に疑いを投げかけることになるだろうから、あまり固執しない方がよい。私は自分の優柔不断に苦しんでおり、常に決断を未決で歯止めのないままにしておくほどだ。しかし私はいたるところに等価性があると主張しており、だから私は亡霊のように軽くなる。いくつかの深い別離とともに明晰さが私を捉えるのはその時である。だから私は他人にも私自身にも何一つ非難すべきものを持たない。こうして私はこの町の中心にまで辿り着く。この町がいつも無人であり、万人にとって不便であることに私は気がつく。この広場は、ある永続的な殺人の仕草の始まりである私の出生という、あの高い頂と同じぐらい無益なのだ。

一九四六年六月

＊　第五章の註でも触れたように、この短篇のタイトル La Voix lactée（直訳すれば「乳白色の声」）は、天の川や銀河を意味するフランス語 la voie lactée（「乳白色の道」、英語で言うミルキー・ウェイ Milky Way）と同音になる。翻訳でこの言葉遊びを表現するのは不可能であるため、ここでは英語に頼ってミルキー・ヴォイスとしてみた。さらに、天の川との連想を生かすため、「天の声」の副題をつけた。

註

* ミシェル・ファルドゥーリス＝ラグランジュの以下の著書について、本書で使用した略号は次の通り。引用の後にページ数を添えて示す。

S : *Sébastien, l'enfant et l'orange*, Le Castor Astral, 1986（『セバスチヤン、子ども、そしてオレンジ』）

VI : *Volonté d'impuissance*, Messages, 1944（『無力への意志』）

GOE : *Le Grand Objet Extérieur* , Le Castor Astral, 1988（『大いなる外的客体』）

TI : *Le Texte Inconnu*, nouvelles, José Corti, 2001（『知られざるテクスト』）

B : *Au temps de Benoni*, Calligrammes, 1992（『ベノーニの時に』）

M : *Memorabilia*, Mémoire du Livre, 2001（『メモラビリア』）

Th : *Théodicée*, Calligrammes, 1984（『弁神論』）

AM : *Apologie de Médée*, José Corti, 1999（『メデイアの弁明』）

E : *Les Enfants d'Edom* et autres nouvelles, José Corti, 1996（『エドムの子どもたち』）

序章

（1）　Jehan Van Langhenhoven, *Tentative d'introduction à la personne et au texte de Michel Fardoulis-Lagrange*, Atelier de L'Agneau éditeur, Liège – Belgique, 1996, p. 24 の引用から（ただしこの本にはページ番号が打たれていないため、ページ数は引用者が仮に数えたもの）。

（2）　Michel Leiris, « Préface » à Michel Fardoulis-Lagrange, *Volonté d'impuissance*, Messages, 1945, p. 9. (repris dans Michel Fardoulis-Lagrange, *Sébastien, l'enfant et l'orange*, Le Castor Astral, 1986, « Postface », p. 171)

（3）　*Ibid*.

（4）　「小説は神に見捨てられた世界の叙事詩である」と言ったジェルジ・ルカーチを思い出しておこう。（『小説の理論』原田義人、佐々木基一訳、ちくま学芸文庫、一九九四年、一〇八ページ）

（5）　ロベール・ルベルは『メモラビリア』に付した序文で、ファルドゥーリス＝ラグランジュの作品の「語り物」（récitatifs）としての特徴やその「音響性」（tonalité）に注意を促している。「彼のテクストはディスクールではなくむしろモノローグ、いやもっと言えば語《レチタティーヴォ》りである。したがって、ただ読むだけでなく、そのテクストを聴く必要がある」（« Préface » de Robert Lebel, *Memorabilia*, Mémoire du Livre, 2001, p. 7）。

（6）　この点については、特に、*Figures du sujet lyrique*, sous la direction de Dominique Rabaté, PUF, 1996 を念頭に置いている。

（7）　〈抒情詩の主体〉における虚構と自伝の関係については、前掲書の中で、ドミニク・コンブの論文（Dominique Combe, « La référence dédoublée » , pp. 39-63）が特に扱っている。そこでコンブは、たとえば「ケーテ・ハンブルガーが抒情詩を『表出』だと形容したのは、詩が詩人の自我の直接の表現だとするかのような、素朴な伝記主義的見方を応援してのことではない」(p. 61) として、〈抒情詩の主体〉が、素朴にとらえられた自伝的な〈私〉とは区別されるべきことを明確に指摘している。

(8) ダナオス Danaos の五十人の娘をダナイデス Danaides と呼ぶことはよく知られているが、同じように、この短篇のタイトルとなっているプロイティデス Prœtides は、プロイトス Prœtos の娘たちという意味である (Pierre Grimal, *Dictionnaire de la Mythologie Grecque et romaine*, PUF, 1951 を参考にした)。

(9) 『エドムの子どもたち』のエドムとは、イサクの子エサウのことで(創世記二五)、これもまた旧約聖書にちなむものだ。ゴリアテは、サムエル記に出てくるペリシテ人の巨人兵士。

(10) 「大いなる外的客体」(le grand objet extérieur) とは、ロートレアモンの『マルドロールの歌』で、創造主を指すために使われている言葉(ここで創造主は、抵抗すべき〈敵〉として措定されている)。ファルドゥーリスはこれを下敷きにしているので、かなり硬い言い方だが、とりあえずタイトルとしてそのまま採用しておく。

(11) Vincent Teixeira, « Michel Fardoulis-Lagrange, cet inconnu majeur ».(『福岡大学研究部論集A　人文科学編』第四巻四号、二〇〇四年、七一―八九ページ所収。)

(12) ミシェル・レリス『獣道』後藤辰男訳、思潮社、一九七一年(一九八六年に新装版再刊)。

(13) ジョルジュ・バタイユ論として書かれた丸山真幸の論文「忠実なる敵――バタイユにおけるブルトンの位置づけをめぐる再考察」(一橋大学『言語社会』第四号、二〇一〇年、三八七―三九九ページ)に、友人としてバタイユの回想をしたファルドゥーリス=ラグランジュの『G・Bあるいは傲岸な友』の一節が引かれている(ただしその論文中では、ファルドゥリス=ラグランジェと表記されている)。

(14) Hervé Carn, « Les jeux du perroquet vert », *Michel Fardoulis-Lagrange*, catalogue établi par Francine Fardoulis-

Lagrange et Philippe Blanc, Bibliothèque Municipale de Charleville-Mézières, 1999, p. 55.

（15） Hubert Haddad, « Préface », *ibid*., p. 6.

（16） Georges Henein, « Préface », *Les Caryatides et l'Albinos*, José Corti, 2002, pp. 7-8.

（17） Vincent Teixeira, art. cit., p. 2.（前掲論文）

（18） Eric Bourde, « Préface » (2001), M, p. 12. なお、わざわざ断るまでもないだろうが、念のため書いておけば、ここに挙げたこうした論者たちの言葉は、本気でファルドゥーリスの難解さを嘆いたり、非難したりしているわけではなく、むしろそこにこそ魅力と重要性があることの指摘をしているにすぎない。

（19） « Goliath », E, p. 32.

第一章

（1） M, p. 197.

（2） ミシェル・ファルドゥーリス＝ラグランジュの伝記的事実に関しては、一九九九年九月十八日から十月二十三日にシャルルヴィル＝メジエール市立図書館で開かれたミシェル・ファルドゥーリス＝ラグランジュ展のカタログ *Michel Fardoulis-Lagrange « aux abords des îles déshéritées ou fortunées »*, catalogue établi par Francine Fardoulis-Lagrange et Philippe Blanc, Bibliothèque municipale de Charleville-Mézières, 1999（以下 *Catalogue* と略す）の « Catalogue de l'exposition » (pp. 93-134) を基本資料とした。さらに『メモラビリア』巻末の略伝 « Esquisse d'une biographie de Michel Fardoulis-Lagrange » (pp. 197-200) や、Anne Mounic, *La parole obscure : Recours au mythe et défi de l'interprétation dans l'œuvre de Michel Fardoulis-Lagrange*, Harmattan, 2001 の序文の記述、および Valéria Vanguelov, *MEMORABILIA, Récit des origines de l'œuvre de Michel Fardoulis-Lagrange*, Harmattan, 2002 の巻末 « Biographie littéraire de Michel Fardoulis-Lagrange » (pp. 117-124) などを適宜参照し、補った。

(3)　ジョヴァンニ・セガンティーニ（一八五八－一八九九）。イタリアの画家。アルプスの風景や農民、牧人の生活を主題とする作品を制作。印象派風の点描画法を取り入れつつも、高山特有の光の効果を表現するためのくっきりとした画風を確立した。一方で、晩年には象徴主義的、神秘的な傾向の作品も制作した。山は、ファルドゥーリス＝ラグランジュの作品によく取り入れられるモチーフであり、さらに象徴主義的、神秘主義的な傾向もファルドゥーリスの詩的言語と無縁ではない。

(4)　Lettre de Michel Fardoulis-Lagrange à Albert Bringuier, le 8 novembre 1992, Michel Fardoulis-Lagrange, Albert Bringuier, *Correspondance 1943-1994*, Mirandole, 1998, p. 147.

(5)　Valéria Vanguelov, *op. cit.*, p. 119.（このエピソードはこの本にしか記述がない。）

(6)　『エドムの子どもたち』所収（« Théorbes et Bélières », Les Enfants d'Edom [1986], José Corti, 1996）。テオルボとは、辞書によれば、「バロック時代に用いられたリュート属の楽器。普通のリュートに低音弦をつけ加えたもの」（『小学館ロベール仏和大辞典』）。また、「鈴 Bélières」は「群れを先導する羊の鈴」（同辞典）。

(7)　いずれも十九世紀から二十世紀のギリシアの詩人。ソロモス（一七九八－一八五七）は、ギリシア独立戦争に刺激されて叙事詩『自由の賛歌』（一八二三）を発表し、これに友人のマンザロスが曲をつけ、ギリシア国歌となった。ギリシア近代詩の成立に決定的な役割を果たした重要な詩人。パラマス（一八五九－一九四三）は、二十世紀初頭のギリシア激動期に、国民の精神的指導者としても力を発揮した。ギリシアの高踏派・象徴派を目指す新アテネ派を結成。カヴァフィス（一八六三－一九三三）はアレクサンドリアで生まれ、少年期を除きアレクサンドリアでエジプト政庁の役人として生涯を送った。生前は自家製本の形で詩集をまとめ、友人たちに配っていたが、死後その価値が認められるようになった。日本では中井久夫訳『カヴァフィス全詩集』（みすず書房）がある。

(8)　ノルウェーの小説家（一八五九－一九五二）。一九二〇年に発表した小説『飢え』で作家としての地位を確立。一九二〇年ノーベル文学賞を受賞した。

（9）　このストラティス・ツィルカスとの往復書簡は、ファルドゥーリス＝ラグランジュの未亡人フランシーヌと研究者フィリップ・ブランによって出版が準備され、アンヌ・ムニックの序文と註をつけて刊行される予定だったが、アンヌ・ムニック氏に直接聞いたところによると、現在のところ残念ながらほぼ頓挫しているようである（アンヌ・ムニックの *La parole obscure : Recours au mythe et défi de l'interprétation dans l'œuvre de Michel Fardoulis-Lagrange*, Harmattan, 2001 の巻末書誌に、*Correspondance avec Stratis Tsirkas (1929-1976)*. Suivie de nouvelles et textes de jeunesse. Traduction du grec par Marion Branchaud, Natalia Papayannopoulou et Jeanne Roques-Tesson. Edition préparée par Francine Fardoulis-Lagrange et Philippe Blanc. Introduction et notes d'Anne Mounic. Editions Desmos, à paraître. として予告だけされている）。アンヌ・ムニック氏とフィリップ・ブラン氏のご厚意でこの書簡の電子ファイルを特別に送っていただいたので、以下の本文では必要に応じて引用させていただく。この場を借りてブラン氏とムニック氏に感謝したい。

（10）　*Correspondance avec Stratis Tsirkas (1929-1976)*, *op. cit.*, tapuscrit, p. 37.

（11）　*Ibid.*, p. 10.

（12）　*Catalogue*, p. 97. これは一九四三年、刑務所の中で書いた手紙の一節。

（13）　*Correspondance avec Stratis Tsirkas (1929-1976)*, *op. cit.*, p. 38.

（14）　*Catalogue*, p. 99.

（15）　*Ibid.*, p. 100.

（16）　「フランス領土」（Domaine français）という意味のこの奇妙な総タイトルに、占領下という時代性を見て取ることができるだろう。この号はジュネーヴで印刷・発行された。

（17）　Paul Valéry, lettre à Maître Garçon du 11 novembre 1943. Cité dans *Sur un petit carnet*. Tapuscrit p. 207.（引用は

Anne Mounic, *op. cit.*, p. 24 による)

(18) 厳密には Troisième Convoi という語は「三等車両」あるいは単に「三等車」とすべきかと思うが、ブルトンの言葉の訳語として「三等列車」が定着しているようなので、とりあえず「三等列車」に統一しておく。現在、一号から五号まで収めた複写版の一冊本が刊行されている。*Troisième Convoi, Collection complète*, Edition préparée et annotée par Philippe Blanc, Farrago, 1998. 以下、この雑誌からの引用はこの復刻版による。

(19) *Catalogue*, p. 106.

(20) *Ibid.*, p. 113.

(21) このタイトルは、『ベリー公のいとも豪華なる時禱書』(*Les Très riches heures du Duc de Berry*. 十五世紀、フランスのベリー公ジャン一世が作らせた華麗な装飾写本) をもじったものか。時禱書を意味する「heures」を、ここでは自分の少年時代の濃密な時間 (heures) を指すものとして、いわば字義通りに使っていることになる。なお、時禱書とは、祈禱文や詩篇をまとめ挿し絵をつけた中世の装飾写本。

第二章

(1) ファルドゥーリス自身は、実質的に四七年で終わったという意識を持っていたようだ。『マガジン・リテレール』一九八七年五月号に載ったセルジュ・リゴレとのインタビューでこう言っている。「『三等列車』は二年しか続かなかった。お金がなかったためもあるが、もう一つの理由は、ジャン・マケが——いささかランボー的だが——詩を捨てて、なんと『パリ・マッチ』のために書くようになったからだよ」(*Troisième Convoi*, *op. cit.*, p. 249.)

(2) *Troisième Convoi*, *op. cit.*, p. 249.

(3) Jehan Van Langhenhoven, *Tentative d'introduction à la personne et au texte de Michel Fardoulis-Lagrange*,

Atelier de L'Agneau éditeur, Liège – Belgique, 1996, p. 12.

（4） Anne Mounic, *La parole obscure : Recours au mythe et défi de l'interprétation dans l'œuvre de Michel Fardoulis-Lagrange*, Harmattan, 2001, p. 207.

（5） *Troisième Convoi*, *op. cit.*, pp. 248-249.

（6） *Ibid.*, p. 248.

（7） *Ibid.*, p. 249.

（8） Hubert Haddad, *Michel Fardoulis-Lagrange*, Le Castor Astral, 1986, cité dans *Troisième Convoi*, *op. cit.*, p. 248.

（9） *Troisième Convoi*, *op. cit.*, p. 217.

（10） *Ibid.*, p. 218.

（11） *Ibid.*, p. 13. (« L'analyse de la fiction »)

（12） *Ibid.*, p. 14. (« L'analyse de la fiction »)

（13） ここで主に考えているのは、「自動記述」（エクリチュール・オートマティック）などの共同作業や、「互いの中に」（l'un dans l'autre）などの共同遊戯だが、複数性に着目する観点からシュルレアリスムを論じた鈴木雅雄の研究『シュルレアリスム、あるいは痙攣する複数性』（平凡社、二〇〇七年）も念頭に置いている。

（14） Anne Mounic, *op. cit.*, p. 10.

（15） André Breton, *Manifestes du surréalisme*, Gallimard, coll. « Essais », 1985, p. 36.（アンドレ・ブルトン『シュルレアリスム宣言・溶ける魚』巌谷國士訳、岩波文庫、一九九二年、四六ページ。）

（16） « L'analyse de la fiction », *Troisième Convoi*, *op. cit.*, p. 13.

（17） « Les écueils », *Troisième Convoi*, *op. cit.*, p. 42.

（18） « L'analyse de la fiction », *op. cit.*, p. 13.

(19) アンドレ・ブルトン『狂気の愛』海老坂武訳、光文社古典新訳文庫、二〇〇八年、五四ページ。
(20) « L'analyse de la fiction », *op. cit.*, p. 13.
(21) *Ibid.*, p. 13.
(22) *Ibid.*, p. 13.
(23) *Ibid.*, p. 13.
(24) *Ibid.*, p. 13.
(25) *Ibid.*, p. 13.
(26) *Ibid.*, p. 13.
(27) *Ibid.*, p. 14.
(28) *Sur Matta*, Le Capucin, 2001, p. 21.
(29) *Ibid.*, p. 12.〔 〕内は引用者の補足・省略（以下同）。
(30) *Ibid.*, pp. 13-14.

第三章

(1) S, p. 103.
(2) Pierre Grimal, *Dictionnaire de la Mythologie grecque et romaine*, PUF, 1951.（なお、「謎めいた」と訳したobscurには「暗い」「難解な」等の意味がある。冥界に降り立ったオルフェウスについての記述であることを考えれば「冥《くら》い」の字を当てたいところだ。）
(3) *Ibid.*
(4) *Ibid.*（前記グリマルの事典によれば、オルフェウスが殺された理由や、その死後の伝説にはいくつかの異なったヴァージョンがあるが、いずれにしてもこの詩人が死後も何らかの形で歌を聴かせたという点は変わらない。）

（5）執筆は『無力への意志』（一九四四）の方が先。

（6）エリザベス・シューエルの『オルフェウスの声——詩とナチュラル・ヒストリー』（高山宏訳、白水社、二〇一四年、原著 *The Orphic Voice : Poetry and Natural History*, 1960）には、「それにしても何故オルフェウスなのか」と、オルフェウスに特別な意味を付与する理由を問うて、こう答える一節がある。「神話をさぐるのならどんな神話的存在だって構わないではないか。おそらくはそうである。しかし神話が詩人の個において詩や思考や神話の力と運命に見入っているということでは、やはりオルフェウスの物語に指を屈すべきであろう。オルフェウスの物語にあっては神話がみずからを鑑みる。文字どおりみずからの鏡に映る神話自身を考え―見《リフレクトす》るのである」（五〇ページ）。これは文学一般においてオルフェウスの神話が特権的な位置を占める理由を説明して余りあるが、ファルドゥーリスの神話的詩的実践においてもとりわけ、こうした自己鏡映的《リフレクシヴ》な特質のゆえに、オルフェウスは、幾重にも興味深い意味を持つと言える。ファルドゥーリスにおいて特権的な神話的人物をオルフェウスのほかにもう一人挙げるなら（最終章で論じるような理由によって）狂気の王女メデイアではないだろうか。

（7）Michel Carrouges, « Le paysage en ébullition », *Michel Fardoulis-Lagrange « aux abords des îles déshéritées ou fortunées »*, *op. cit.*, p. 26.

（8）*Ibid.*, p. 26.

（9）*Ibid.*, p. 25.

（10）Hubert Haddad, « Préface », *Michel Fardoulis-Lagrange « aux abords des îles déshérités ou fortunées »*, *op. cit.*, p. 5.

（11）Jean-Yves Tadier, *Le récit poétique*, Gallimard, 1994, p. 11.

（12）*Ibid.*, pp. 161-162.

（13）Vincent Teixeira, art. cit., p. 8.

（14）*L'inachèvement*, José Corti, 1992, p. 21.

（15）« Les montagnards sont là », E, p. 157.

（16）Eric Bourde, « Préface », (2001), M, p. 12.

（17）シストロン（Sisteron）はプロヴァンス＝アルプ＝コート・ダジュール地域圏にあるコミューン。標高約五〇〇メートル。フランスの地図が大体思い描ける人のためにごく大ざっぱに言うと、マルセイユとニースを結んだ線を底辺としてちょっとひしゃげたぐらいの正三角形を書くとその頂点にあたるぐらいの位置にある。レ・ゾメルグ（Les Omergues）は、そこから西に約三〇キロの町。標高約八〇〇メートル。

（18）*Volonté d'impuissance*, Messages, 1944. この作品については次章で詳しく取り上げる。

（19）« Théorbes et Bélières », E, p. 120.

（20）たとえば、ファルドゥーリスのこんな発言を引いておこう。「文学に固有の特別な道、その王道を切り開いたのはドイツ・ロマン主義です。それ以前には、文学の大部分は権力に従属していた。〔……〕ドイツ・ロマン主義によって初めて、一つの文学が想像力を自由に羽ばたかせることを目的に定めたのです」（*Un art divin, l'oubli, entretien avec Eric Bourde*, Calligramme, 1988, p. 39）。

（21）ヘルダーリン『ヒュペーリオン　ギリシアの隠者』青木誠之訳、ちくま文庫、二〇一〇年、一三－一四ページ。

（22）同書、一四ページ。

（23）*Un art divin, l'oubli, entretien avec Eric Bourde*, *op. cit.*, p. 130.

（24）Anne Mounic, *La parole obscure : Recours au mythe et défi de l'interprétation dans l'œuvre de Michel Fardoulis-*

Lagrange, Harmattan, 2001, p. 57.

(25) 『ヒュペーリオン』、前掲書、二九七ページ。

(26) 同書、二八三ページ。

(27) 同書、「解説」、三四一ページ。

(28) 同書、二九九－三〇〇ページ。

(29) とはいえ、そのような作品の中での死者との親和性は、ファルドゥーリスが子どもの頃に幾人かの友人の死を経験したことが影を落としていることも確かだろう。

(30) AM, p. 82.

(31) « Les montagnards sont là », E, p. 157.

(32) « Goliath », E, p. 36

(33) « Théorbes et Bélières », E, p. 115.

第四章

(1) *Volonté d'impuissance*, Messages, 1944, p. 21.

(2) *Le grand objet extérieur*, Castor Astral, 1988, p. 108.

(3) Lettre de Michel Fardoulis-Lagrange à Albert Bringuier, le 29 septembre 1943, Michel Fardoulis-Lagrange, Albert Bringuier, *Correspondance 1943-1994*, Mirandole, 1998, p. 10.

(4) 日本語では『権力への意志』という訳題が一般的だが、ここではファルドゥーリスの作品タイトルとの対比がよく分かるように、「力への意志」としておく。

(5) フリードリッヒ・ニーチェ『ニーチェ全集9　ツァラトゥストラ　上』吉沢伝三郎訳、ちくま学芸文庫、一九九三年、二〇三－二〇四ページ。
（6）　同書、四〇八ページ。なお、この註（註番号五〇〇）はここでの引用箇所とは違う部分につけられた註であるが、間違いなくこの引用箇所とも通じていると判断してここに引いたものであることを付言しておく。
（7）　フリードリッヒ・ニーチェ『ニーチェ全集2　悲劇の誕生』塩谷武男訳、ちくま学芸文庫、一九九三年、四五－四七ページ。
（8）　同書、四三ページ。
（9）　同書、七二ページ。
（10）　なお、ニーチェの『悲劇の誕生』という書物は、「ディオニュソス的なるもの」と「アポロン的なるもの」との統一としてギリシア悲劇が成立する、と説くものであるので、この両者を単に相矛盾するものであるかのように語ることは不十分であるが、ここではニーチェ論を展開することが目的ではないので、その詳細には立ち入らない。
（11）　Anne Mounic, *La parole obscure : Recours au mythe et défi de l'interprétation dans l'œuvre de Michel Fardoulis-Lagrange*, *op. cit.*, p. 107.
（12）　*Ibid.*, p. 107.
（13）　『ニーチェ全集2　悲劇の誕生』、前掲書、訳者による解説を参照（五三〇ページ）。
（14）　同書、一三三ページ。
（15）　同書、一三九－一四〇ページ。ただし本文で触れたように、文脈上、フランス語訳を参照しつつ訳文を改変した。
（16）　Anne Mounic, *op. cit.*, p. 107.
（17）　ここではすべてフランス語読みに従ったが、ニコデーム（Nicodème）は聖書に出てくるパリサイ人ニコデモと同名であり、エルミオーヌ（Hermione）はギリシア神話のヘルミオネ（メネラオスとヘレネの娘）、カドミュス（Cadmus）もまたギリシア神話の英雄カドモス（ゼウスにさらわれたエウロペの捜索のために国を離れ、テーベを建国した）である。ほかにもヨナと題された章もあるなど、この作品には古代神話を想起させる名前が多く使われているが、それはまた別の主題となるため、ここではあえて触れない（なお、十七世紀にフランスのリュリによる歌劇『カドミュスとエルミオーヌ』〔一六七三〕もあり、エルミオーヌの名はむしろここから取られたのかもしれない。余談だが、ファルドゥーリスは現代イタリアの作家ロベルト・カラッソの『カドモスとハルモニアの結婚』〔一九八八〕を愛読していたという〔Anne Mounic, *op. cit.*, p. 23〕）。

(18)　この『マルドロールの歌』の訳文については、石井洋二郎訳『ロートレアモン全集』ちくま文庫、二〇〇五年、二三八ページ）に拠った。

(19)　Michel Carrouges, « Le paysage en ébullition », *Michel Fardoulis-Lagrange « aux abords des îles déshéritées ou fortunées »*, *op. cit.*, p. 28. なお、ヴァンサン・テクセラもこれをそのまま肯っている(Vincent Teixeira, art. cit., p. 5.)。

(20)　Anne Mounic, *op. cit.*, p. 115.

(21)　さらに加えて『セバスチャン』の中の次の言葉を引いてもいいだろう。「人間の立ち位置に起因する欠陥――人は世界の片方の面しか見ることができない。もう片方は失われている」(S. p. 87)。強調は引用者。

(22)　フリードリヒ・シュレーゲル「ルツィンデ」平野嘉彦訳、『ドイツ・ロマン派全集　第十二巻　シュレーゲル兄弟』国書刊行会、一九九〇年、六三ページ。

(23)　同書、九五ページ。

(24)　『ヒュペーリオン』、前掲書、解説、三三九ページ。

(25)　『ドイツ・ロマン派全集　第十二巻　シュレーゲル兄弟』、前掲書、四〇〇ページ。

(26)　『旧約聖書創世記』、関根正雄訳、岩波文庫、一九五六年、九七－九八ページ。

(27)　Anne Mounic, *op. cit.*, p. 22, p. 114.（これはミシェル・ファルドゥーリスの妻フランシーヌの証言によるようだ。）

(28)　Charles Baudelaire, *Œuvres complètes*, texte établi, présenté et annoté par Claude Pichois, Gallimard, coll. « Bibliothèque de la Pléiade », t. II, 1976, p. 730.（引用には以下の日本語訳を使用した。『ボードレール全集Ⅳ』阿部良雄訳、筑摩書房、一九八七年、二一八ページ。傍点とカタカナルビは原文。単に漢字の読みを示すだけのルビは省略した。）

(29)　Anne Mounic, *op. cit.*, p. 114.

(30)　Charles Baudelaire, *Œuvres complètes*, texte établi, présenté et annoté par Claude Pichois, Gallimard, coll. « Bibliothèque de la Pléiade », t. I, 1975, pp. 139-140.（この詩の翻訳に関しては、次の註に掲げた吉田典子氏の論文中の訳を使用した。阿部良雄氏による訳業『ボードレール全詩集Ⅰ』〔ちくま文庫、一九九八年〕では「従わぬ者」のタイトルで訳されているが、本稿での論旨の都合上、「反逆者」の訳語をとりたかったためである。）

(31)　Charles Baudelaire, *Œuvres complètes*, t. II, *op. cit.*, p. 1106. なお、ボードレールのこの詩とドラクロワの絵とのつながりについては、以下の論文から教えられた。吉田典子「ゾラとボードレール——ゾラの文学批評におけるボードレール評価について」、『Stella』第三一号、九州大学フランス語フランス文学研究会、二〇一二年、二三九‐二六四ページ。吉田論文には次のように書かれている。「この壁画が完成したのは、一八六一年七月（一般公開は二十一日）であるが、ボードレールがこの壁画について書いた一文「サン＝シュルピス教会におけるウージェーヌ・ドラクロワの壁画」は、「反逆者」が『ヨーロッパ評論』に掲載されたのと同じ六一年九月十五日に、『幻想派評論』誌に発表されているのである。ピショワも述べているように、この一致は偶然とは思われない」（二五九ページ）。

（32）ジェームズ・ホール『西洋美術解読事典』、河出書房新社、一九八八年、三四四ページ。

第五章

（1）« La Voix lactée », *Le texte inconnu*, José Corti, 2001, p. 79.

（2）*Apologie de Médée*, José Corti, 1999 (Calligrammes, 1989), p. 71.

（3）Robert Lebel, « Préface » à *Memorabilia*, M, p. 7

（4）一方で、これまで検討してきた長篇作品『セバスチャン、子ども、そしてオレンジ』、『無力への意志』、『大いなる外的客体』では、とりあえず一人称の語りが基調になってはいない。

（5）このタイトル La Voix lactée は、天の川や銀河を意味するフランス語 la voie lactée（英語の The Milky Way）とまったく同音で、voie（道）と voix（声）をかけた洒落になっている。

（6）Hubert Haddad, « Michel Fardoulis-Lagrange devant l'impossible », *Supérieur inconnu*, n.3, 1996, p. 86.

（7）たとえば、短篇「テオルボと鈴」（『エドムの子供たち』所収）なども、どうしてこのタイトルなのか理解に苦しむ。

（8）Bruno Clément, *La voix verticale*, Belin, 2012, p. 10. (« parce qu'elle [= voix] est naturellement plurielle... »)〔『垂直の声――プロソポペイア試論』郷原佳以訳、水声社、二〇一六年、一六ページ。〕その少し前でも、「複数性――さらには対立――がその条件であるだけに、声はつねにあらゆるところから逃れ去る」（« Parce que le pluriel – et même la contrariété – est sa condition, la voix échappe... »）と書いている（原書 p. 8、前掲訳書一四ページ）。興味深いことに、どちらの箇所でも、いきなり理由を説明する parce que（〜なのだから）の節の中に入っていてほぼ前提のようになっている。おそらく声について考え続けたクレマンにとっては、もはや説明するまでもない当然のことだったのだろうが、読者にとっては、まだ書物の入り口に過ぎないこの箇所では、なぜ複数性が声の条件なのか、その理由が十分に説明されているとは言い難い。同書の議論を踏まえてその説明を試みることはできるかもしれないが、それはこの註の任を超える。

（9） Emile Benveniste, *Problèmes de linguistique générale 1*, Gallimard, coll. « Tel », 1976 (1966), p. 260.〔『一般言語学の諸問題』岸本通夫監訳、みすず書房、一九八三年、二四四ページ。ただし、訳文は変更した。〕

（10） むろん「彼」（三人称）にも「あなた」（二人称）にも「複数性」は宿っているわけだが（誰でもこの人称になり代わりうるという意味で）、しかし、自分以外の人間が複数いるというのは、当たり前のことである。「人の数だけ声がある」とは、結局そのような事態に過ぎない。だから、この場合「宿っている」というのではなくて、単に初めから複数なのだ。「私」の特殊性だけがここでは問題なのだということだ。

（11） Maurice Blanchot, *L'Entretien infini*, Gallimard, 1969, p. 113.〔『終わりなき対話1　複数性の言葉』湯浅博雄、上田和彦、郷原佳以訳、筑摩書房、二〇一六年、一九二ページ。〕

（12） Emile Benveniste, *op. cit.*, p. 252.〔前掲訳書、二三五ページ。〕

（13） ただし、地の文における「私」の登場はそれ以前にもあり（たとえば第一部第一章 p. 15 など）、ここが最初だというわけではない。

（14） ミルチャ・エリアーデは神話の暫定的な定義を試みてこう言っている。「神話は聖なる物語を語る。原初の時代に起きたある出来事を報告する。〔……〕神話の登場人物たちは〈超自然的な存在〉（Etres Surnaturels）である」(Mircea Eliade, *Aspects du mythe*, Gallimard, 1963, p. 15)。ここではこの定義を念頭に置きつつ、「超自然的な存在」を「超越的な存在」と読み替えてみた。

（15） 物語論的な用語に従うなら「語り手」と言うべきだが、本の中で後ほど印刷されている章のタイトルをあえて引く語り手はむしろ「作者」と呼ぶにふさわしい。いずれにせよ、ここで言う「作者」とは「作者に擬する語り手」というほどの意味であって、もちろんファルドゥーリスその人ではない。

(16) Bruno Clément, *op. cit.*, pp. 6-7.〔前掲訳書、一三ページ。〕

(17) 「プロソポペイアは〔……〕高さ、高みに結びついている。〔……〕プロソポペイア的な声が発する言葉《パロール》は抑えがたい上昇の動きを創り出し、〔……〕精神の目を上げて超越性が必ずしも否定されていない審級へと向けさせようとする」とクレマンは書いている。(Bruno Clément, *op. cit.*, pp. 227-228.〔前掲訳書、二二五ページ。〕)

(18) Maurice Blanchot, *op. cit.*, p. 564.〔「語りの声(「彼」、中性的なもの)」郷原佳以訳、『現代詩手帖特集版 ブランショ生誕百年――つぎの百年の文学のために――』二〇〇八年、二二五ページ。〕

(19) *Ibid.*, p. 565.〔同前、二二六ページ。〕

(20) *Ibid.*, p. 565.〔同前、二二六ページ。〕

(21) *Ibid.*, p. 566.〔同前、二二六ページ。〕

(22) 『現代詩手帖特集版　ブランショ』(前掲書)の翻訳に付された郷原佳以による解題「非人称性の在処――解題」(特にその二三二ページ)を参照のこと。

(23) Maurice Blanchot, *op. cit.*, p. 563.〔前掲書、二二五ページ。〕

(24) Gérard Genette, *Figures III*, Seuil, coll. « Poétique », 1972, p. 252.

(25) 郷原佳以「非人称性の在処――解題」、『現代詩手帖特集版　ブランショ』、前掲書、二三五ページ。

(26) Emile Benveniste, *op. cit.*, chap. 14-16.〔前掲訳書、十四－十六章。〕

(27) もちろんバンヴェニストの力点は、一、二人称と三人称の両者を峻別するところにある。ロベルト・エスポジトは、このバンヴェニストの指摘を敷衍して、「三人称は、一人称・二人称にたいする、もうひとつ別の人称なのではなくて、人称の論理から突き出ていて、別の意味の体制へと向かっている何ものかである。モーリス・ブランショが第三者を、中性的なものという謎めいた形象と同一視したとき、彼が意図していたのは、不当なあらゆる人称化からこの形象をあらかじめ引き離しておくということである」(『三人称の哲学　生の政治と非人称の思想』岡田温司監訳、講談社、二〇一一年、二九ページ）と書いている。この主張を私は否定するつもりはない。これについては終章でもう一度取り上げたい。

(28)　Gilles Deleuze, *Critique et clinique*, Minuit, 2002 (1993), p. 13〔『批評と臨床』守中高明ほか訳、河出書房新社、二〇〇二年、一四ページ。〕

(29)　Emile Benveniste, *op. cit.*, p. 241.〔前掲訳書、二二三ページ。〕

(30)　Gilles Deleuze, *Proust et les signes*, PUF, 2003 (1964), p. 41.〔『プルーストとシーニュ』宇波彰訳、法政大学出版局、一九七四年、三八ページ。〕

(31)　ただし、「思考させるようにするもの」ということの言葉自体はプルーストの『失われた時を求めて』第三篇「ゲルマントのほう」から引かれた表現。

(32)　興味深いことにクレマンは、まさに「神話世界から直接取り入れられている」プロソポペイアこそ「おそらく本質的なプロソポペイアにもっとも近い比喩形象であろう」と言っている。「本質的なプロソポペイアとは、そこでは神々と英雄たちが彼ら自身であると同時に別のものでもあるという、そうした(叙述的)文章群の中で生まれたプロソポペイアのことである」(Bruno Clément, *op. cit.*, pp. 159-160.〔前掲訳書、一五九ページ。〕)

(33)　Pierre Grimal, *Dictionnaire de la Mythologie grecque et romaine*, PUF, 1951 の記述にしたがって簡単にまとめた。

(34)　このような「正当化」の論理は、後のページでグラウケを焼き殺したことについて語る場合（AM, pp. 59-67）も、自分の子どもたちを殺したことについて語る場合（AM, pp. 79-82）も、まったく同様である。語彙さえ共通している。例を挙げれば、「グラウケと私は結びつけられ、巫女たちに選ばれた」（AM, p. 64）、「グラウケの体が焼き尽くされるや、その灰は言葉で言い得ない（indicible）澄明さにふさわしい通夜の場となるだろう」（AM,

p. 64)、「私の司る燃焼が子どもたちを太陽の舞台（théâtre solaire）の上に引き連れていく」（AM, p. 82）等（メディアの祖父ヘリオスが太陽神であることを思えば、「太陽の舞台」と「神の舞台」をつなげることは無理ではないだろう)。

（35）　Anne Mounic, *La parole obscure : Recours au mythe et défi de l'interprétation dans l'œuvre de Michel Fardoulis-Lagrange*, *op. cit.*, 2001, p. 195.

（36）　Bruno Clément, *op. cit.*, p. 165.〔前掲訳書、一六五ページ。〕

（37）　Lettre de Michel à Albert du 1er septembre 1991, *Correspondance avec Albert Bringuier 1942-1994*, Mirandole, 1998, p. 38.

（38）　Lettre de Michel à Albert du 13 septembre 1991, *ibid.*, p. 40.（強調原文）

終章

（1）　ロベルト・エスポジト『三人称の哲学　生の政治と非人称の思想』岡田温司監訳、講談社、二〇一一年、二七ページ。

（2）　同書、二九ページ。

（3）　同書、三一ページ。

（4）　同書、三〇ページ（傍点原文)。

（5）　Anne Mounic, *La parole obscure : Recours au mythe et défi de l'interprétation dans l'œuvre de Michel Fardoulis-Lagrange*, *op. cit.*, 2001, p. 31

（6）　Jean-Michel Maulpoix, *Du lyrisme*, José Corti, 2000, p. 9.

（7）　Hubert Haddad, « MFL devant l'impossible », *Supérieur inconnu*, n.3, 1996, p. 86.

略年譜

1910
八月九日、カイロのギリシア人家庭に生まれる。父ニコラス・ファルドゥーリスはシテール島、母カテリナ・ニコライディスはレロス島の出身。一九一二年、一家はポート・サイードに引っ越す。

1917
スペイン風邪にかかる。

1920
カイロに戻る。

1922
チフスの流行。ベノーニの死。

1926

カイロのフランス人高校（リセ・フランセ）に進学。イアニス・ハジアンドレアス（ストラティス・ツィルカス）と知り合う。いくつかの雑誌にギリシア語で短篇を発表。

1927

友人と三カ月ギリシアを旅行。

1929

八月、パリに到着する。

1930-37

極貧の時代を過ごす。共産党に入党（一九三六年に除名）。高等研究実習院でエドゥアール・ドレアンの講義を受ける（一九四〇年まで）。

1931

インターナショナルを歌った廉で逮捕され国外退去処分を受ける。

1935

ある政治討論会の席でアルベール・ブランギエと出会う。

1937

最初の結婚。翌三八年、娘モニックが生まれる。サント＝ジュヌヴィエーヴ図書館でフランシーヌ・ド・ビュイルと出会う

1938

フランシーヌと一緒に住み始める。一九三〇年に放棄したままになっていた小説『サトラスの本』をフランス語で書き始める（完成にはいたらなかった）。

1939

『無力への意志』執筆。息子パスカルが生まれる。

1940

短篇「プロイトスの娘たち」と長篇『セバスチヤン、子ども、そしてオレンジ』を書く。

1941

パリ・ブーローニュのトゥーレル通り二八番地に転居（一九七三年まで居住）。

1942

エリュアールの仲介で『セバスチヤン、子ども、そしてオレンジ』を刊行。パリ・リール通りのバタイユの家でブランショ、レリス、レスキュール、クノーらとともにコレージュ・デチュッド・ソクラティックに参加。年末ごろ共産主義のプロパガンダの疑いで警察に追われ、フランス中部ヴェズレーにあるバタイユの別荘に身を隠し、『大いなる外的客体』を書く。

1943

八月二十三日、偽造身分証所持の疑いでパリの地下鉄の中で逮捕される。サンテ刑務所に収監される。刑務所の中で短篇「ゴリアテ」を書く。

1944

八月十七日、レジスタンスの手によって解放される。

1945

『無力への意志』刊行。ジャン・マケと出会い、雑誌『三等列車』を創刊。

1948

フランシーヌと結婚。『大いなる外的客体』刊行。マッタと知り合う。戦争中リュベロンに疎開していたジャック・エロルドに誘われてオペード＝ル＝ヴィユに共同で家を借りる。

1951

エロルドとともにオペードで廃墟となった寺院〈ラ・マラチエール〉を見つけ、共同で借りる（五二年から九三年まで）。『三等列車』の最終号刊行。

1955-59

イザベル・ワルドベルグと知り合う（五五年ないし五六年頃）。『偉業』（五六年）、『ベノーニの時に』（五八年）、『女像柱《カリティアッド》と白子《アルビノ》』（五九年）をそれぞれ刊行。

1962

七月、バタイユ死去。

九月、ジャン・ロランの映画『海の道』に出演。

1963-66

ロベスピエールに捧げた戯曲『サリュ・ピュブリック』を書くが、上演にはいたらない。

1968

『メモラビリア』刊行。イエール・ヤングシネマフェスティバル審査員。

1969

『G・Bあるいは傲岸な友』刊行。

1970

『マッタについて』刊行。

1971

雑誌『ポワン・デートル』（*Point d'être*）編集委員となる。ユベール・アッダッドと出会う。七〇年代から九〇年代初頭にかけて、各地で講演を行う。

1972
夏、父の生まれ故郷であるシテール島を訪れる。そこで若いフランス人の詩人ジュアン・ヴァン・ランガノーヴァンと出会う。これ以後夏の休暇はギリシアとリュベロンの両方で過ごすようになる。

1973
パリのモーツァルト通り六一番地に転居。

1977
『同一体への服従』を刊行するが、出版社の「撤退」によりほぼ全部数が廃棄される。

1979
この頃から「古典的な」形式の詩を書き始める。それらの作品は後に『草月』（一九九一年刊）にまとめられる。

1983
フランス国籍を取得。

1984
『弁神論』刊行。

1986
『セバスチヤン、子ども、そしてオレンジ』再刊。

1988
息子パスカル自殺。『大いなる外的客体』再刊。『神の技芸、忘却』刊行。

1989
『メデイアの弁明』刊行。

1990

論集『ミシェル・ファルドゥーリス＝ラグランジュをめぐって』刊行。

1992

『未完成』刊行。ギリシアに旅行（これが最後の滞在となる）。

十一月、フランス・キュルチュールのラジオ番組のためエリック・ブルドとの対談を録音。

1994

三月、ピティエ＝サルペトリエール病院に入院。

四月二十六日火曜午前十一時、死去。二十九日、旧ラ・セル＝サン＝クルー墓地に埋葬される。

1999

九月十八日－十月二十三日、シャルルヴィル＝メジエール市立図書館でミシェル・ファルドゥーリス＝ラグランジュ展が開かれる。

書誌

A　著書

Sébastien, l'enfant et l'orange（René Debresse, 1942 ; Le Castor Astral, 1986）

Volonté d'impuissance（Messages, 1944 ; 絶版）

Goliath（Fontaine, 1945 ; *Les Enfants d'Edom* に再録）

Le Grand Objet Extérieur（Vrille, 1948 ; Le Castor Astral, 1988）

Le Texte Inconnu, nouvelles（Les éditions de Minuit, 1948 ; José Corti, 2001）

Les Hauts Faits（Nouvelles éditions Debresse, 1956）

Au temps de Benoni（Editions du Dragon, 1958 ; Calligrammes, 1992）

Les Caryatides et l'Albinos（Le Terrain Vague, 1959 ; José Corti, 2002）

Les Voix. Gravures de Matta（Georges Visat et Le Point Cardinal, 1964 ; *Memorabilia* に再録）

Memorabilia（Pierre Belfond, 1968 ; Mémoire du Livre, 2001）

G.B. ou un ami présomptueux（Le Soleil Noir, 1969 ; José Corti, 1996）

Sur Matta. Gravures de Matta（Pierre Belfond, 1970 ; Le Capucin, 2001）

Le Passeur（Atelier de l'Agneau, 1973 ; *Les Enfants d'Edom* に再録）

L'Observance du Même（Puyraimond, 1977 ; José Corti, 1998）

Théodicée（Calligrammes, 1984 ; 絶版）

Elvire, figure romantique（Hôtel Continental, 1986 ; *Les Enfants d'Edom* に再録）

Un Art divin : l'oubli. Entretiens avec Eric Bourde（Calligrammes, 1988）

Apologie de Médée（Calligrammes, 1989 ; José Corti, 1999）

Prairial. Poèmes（Dumerchez, 1991）

L'Inachèvement（José Corti, 1992）

Théorbes et bélières. Gravures de Matta（Dumerchez, 1994 ; *Les Enfants d'Edom* に再録）

Les Enfants d'Edom et autres nouvelles（José Corti, 1996）

Les Années solennelles（Mirandole, 1997 ; 非売品）

Correspondance avec Albert Bringuier 1942-1994（Mirandole, 1998）

Troisième convoi. Collection complète. Edition préparée et annotée par Philippe Blanc [Fac-similé de la revue]（Farrago, 1999）

B　雑誌掲載（生前のものを除く）

« L'observance du même, extrait », *Supérieur inconnu*, no 3, avril-juin 1996, pp. 90-93.

« La souveraineté de Georges Bataille, inédit », *ibid.*, pp. 94-97.
« Les Années solennelles »（Fragment）, *Ralentir travaux*, no 11, printemps-été 1998, pp. 21-30.
Lettre à Albert Bringuier, 31 janvier 1992, *ibid.*, pp. 31-32.
« Une scène capitale », *Ralentir travaux*, no 15, automne 1999, pp. 7-22.

C　ミシェル・ファルドゥーリス＝ラグランジュに関する研究、特集など

Hubert Haddad, *Michel Fardoulis-Lagrange et les évidences occultes,* Puyraimond, 1978.
Autour de Michel Fardoulis-Lagrange, Calligrammes, 1990.
Supérieur inconnu, no 3, avril-juin 1996.
Jehan Van Langhenhoven, *Tentative d'introduction à la personne et à l'œuvre de Michel Fardoulis-Lagrange*, Atelier de l'Agneau, 1996.
Ralentir travaux, no 11, printemps-été 1998.
Michel Fardoulis-Lagrange « aux abords des îles déshéritées ou fortunées », catalogue établi par Francine Fardoulis-Lagrange et Philippe Blanc, Bibliothèque municipale de Charleville-Mézières, 1999.
Ralentir travaux, no 15, automne 1999.
Anne Mounic, *La parole obscure : Recours au mythe et défi de l'interprétation dans l'œuvre de Michel Fardoulis-Lagrange*, Harmattan, 2001.
Vincent Teixeira, « Michel Fardoulis-Lagrange, cet inconnu majeur »,『福岡大学研究部論集Ａ　人文科学編』第四巻四号、二〇〇四年、七二－八九ページ。

あとがき

自分は何を読み、何を書いたのか。結局、書き上げた今となってもよくわからない。

ファルドゥーリスのテクストはあまりにも難解で、ただ手探りで進むしかなかった。読んだことの大半は見当違いで、書いたことのすべては的外れだという気がする。自分は何一つ読めていないのではないか、書くべきことを何一つ書かず、書くべきでないことばかり書いているのではないか。

決して少ないというほどではないが、さして膨大とも言えないミシェル・ファルドゥーリス＝ラグランジュの作品の中から、この本ではさらにそのいくつかだけを取り上げて、ごくごく小さなことだけを論じた。このようなささやかな、文字通りささやかな本が、出版を許されるとしたら、その理由は、日本語でミシェル・ファルドゥーリス＝ラグランジュについて手に入れられる情報がほぼ皆無だということに尽きている。

主に生涯を追った第一章とシュルレアリスムとの関係を論じた第二章を経て、作品論となる第三章では死者の声を聴き、第四章では無力な者の声を聴き、そして第五章では「私」として語る者のみが響かせることのできる非人称の声を聴いた。全体を伏流するのは、結局のところ、超越的なもの、神話的なものに連なろうとするファルドゥーリスの欲望を、どのようにさまざまに浮き彫りにするかという努力だった、と言える。

まとまりに欠け、かといって網羅的な研究でもなく、われながら出来がいいとは思っていない。だがファルドゥーリスの作品のいくつかの側面は提示したのではないかと思うし、その中から文学研究一般を考える際にも通用するような、興味深いアイデアを拾いあげることもできるかもしれない。今後、ミシェル・ファルドゥーリス＝ラグランジュを本格的に読み、研究しようとする人がこの本を踏み台にしてくれればと願っている。ファルドゥーリスのテクストはあまりにも険しい高峰だ。それを思えば、このような本にだって意味はあるだろう。

一九九〇年代の後半、私はパリにいて、レーモン・ルーセルに関する博士論文を仕上げようとしていた。その頃、知り合いのフランス人から名前を聞いたのがミシェル・ファルドゥーリス＝ラグランジュだった。今から思えば、九〇年代の後半というのは、ちょうどファルドゥーリス＝ラグランジュの作品がジョゼ・コルティ社から次々と再刊され、雑誌の特集が組まれ、シャルルヴィル＝メジエール市立図書館で展覧会が開かれた、いわばファルドゥーリスの「再評価」が始まった時期だった。その頃はまだそんな動きを追っていたわけではなかったけれど、とりあえず書店で見つけた何冊かのファルドゥーリスの作品を読んでみた。まったくわからなかった。このわからなさは異常だと思った。

二〇〇〇年の初めに、博士論文は結局まだ完成しないまま、母校の仏文科の助手になるため日本に帰国した。助手になった先で出会った鈴木雅雄さんに、ちょうど読んだばかりで記憶に新しかったというだけの理由で、ミシェル・ファルドゥーリス＝ラグランジュって知っていますか、と話題に出してみた。鈴木さんはもちろん知っていた。さすがだなあと内心舌を巻いた。そのため、読んだけど全然わかりませんでした、とは言いそびれた。

それから十年以上が経って、鈴木雅雄さんから、水声社で〈シュルレアリスムの25時〉の第二期をやるんだけど、ミシェル・ファルドゥーリス＝ラグランジュで書いてみませんか、とお誘いを受けた。言葉というのは、回り回って災いをなす。いや、あんな昔に一度だけ口に出した名前をずっと覚えているなんて、鈴木さんとはどういう人だろうと思った。

そんなわけで、十数年前、読んだけど全然わかりませんでしたという重要な一言を言いそびれたために、今こうして「あとがき」を書いている。実際に執筆にとりかかったのは二〇一四年の半ばごろだったと思う。途中、ほかの仕事が忙しくなって停滞していた時期もあったが、結局足かけ四年にわたってちびちびと書き継いできたことになる。書き始めた当初は、果たして完成させることができるかどうか、まったく自信がなかった。今こうして本当に一冊の本になるのかと思うと、鈴木雅雄さんにはただ感謝しかない。自らの未熟さをさらけ出すだけの本だとしても、こういうことがなければ、ファルドゥーリスのテクストに真面目に取り組み、それを文章にまとめるということは決してしなかっただろう。十数年前に発した言葉であっても、人は自分の言葉に責任を取らなければならない。責任を取らせてくれた鈴木雅雄さんには本当に感謝している。どうもありがとうございました。

また、当初編集を担当してくれた神社美江さん、そしてそれを引き継いでくれた廣瀬覚さん、水声社のお二人の編集者にも感謝したい。遅々として進まぬ原稿をじっと待ってくださった神社さん、そしてある程度書き上がった原稿をまとめて読んでくださり、あたたかい賛辞と励ましを送ってきてくださった廣瀬さん、お二人の言葉にどれほど勇気づけられてきたことか。どうもありがとうございました。

この本をいつも支えてくれる妻と三人の子どもたちに捧げます。

二〇一七年十一月十二日

國分俊宏

著者について——

國分俊宏（こくぶとしひろ）　一九六七年、和歌山県に生まれる。パリ第三大学博士課程修了。現在、青山学院大学教授。専攻、フランス文学。主な著書に、『ドゥルーズ　千の文学』（共著、せりか書房、二〇一一年）、主な訳書に、レーモン・ルーセル『額の星　無数の太陽』（人文書院、二〇〇一年）、『抄訳　アフリカの印象』（伽鹿舎、二〇一六年）、などがある。

装幀——宗利淳一

ミシェル・ファルドゥーリス＝ラグランジュ　**神話の声、非人称の声**

二〇一七年一二月一〇日第一版第一刷印刷　二〇一七年一二月二〇日第一版第一刷発行

著者――國分俊宏

発行者――鈴木宏

発行所――株式会社水声社

東京都文京区小石川二―七―五　郵便番号一一二―〇〇〇二

電話〇三―三八一八―六〇四〇　FAX〇三―三八一八―二四三七

［**編集部**］横浜市港北区新吉田東一―七七―一七　郵便番号二二三―〇〇五八

電話〇四五―七一七―五三五六　FAX〇四五―七一七―五三五七

郵便振替〇〇一八〇―四―六五四一〇〇

URL : http://www.suiseisha.net

印刷・製本――精興社

ISBN978-4-8010-0302-6

乱丁・落丁本はお取り替えいたします。

シュルレアリスムの25時

四六判上製

ジョゼフ・シマ　谷口亜沙子　三二〇〇円
クロード・カーアン　永井敦子　二五〇〇円
マクシム・アレクサンドル　鈴木雅雄　二八〇〇円
ルネ・クルヴェル　鈴木大悟　三〇〇〇円
ヴィクトル・ブローネル　齊藤哲也　三五〇〇円
ロジェ・ジルベール＝ルコント　谷昌親　三五〇〇円
ヴォルフガング・パーレン　齊藤哲也　三五〇〇円
ゲラシム・ルカ　鈴木雅雄　二五〇〇円
ジョルジュ・エナン　中田健太郎　三〇〇〇円
ジャン＝ピエール・デュプレー　星埜守之　二五〇〇円
ジャン＝クロード・シルベルマン　齊藤哲也　次回配本
フルーリ・ジョゼフ・クレパン　長谷川晶子　近刊
カレル・タイゲ　阿部賢一　三五〇〇円
ルネ・ドーマル　谷口亜沙子　近刊
ジュール・モヌロ　永井敦子　近刊
ミシェル・ファルドゥーリス＝ラグランジュ　國分俊宏　三〇〇〇円
ジゼル・プラシノス　鈴木雅雄　近刊
クロード・タルノー　鈴木雅雄　近刊
ミシェル・カルージュ　新島進　近刊
エルヴェ・テレマック　中田健太郎　近刊

［価格はすべて税別］